来年の春

長瀬佳代子

男友だち

コンサートホールを出た時、雨あしは弱かった。ここから歩いて五、六分の市営駐車場までは大丈夫だろうと、香苗は信号が変わると小走りに駆け出した。道路を渡りきった所で大粒の雨が激しく降り出し、香苗はすぐ右横の建物の軒下に身を寄せた。折たたみの傘を車に置いてきたのを悔いたが、夕立ちだからしばらく待てばよい、そう思って少し濡れた髪をハンカチで押さえていると、信号の方から男が頭の上に手をかざして走ってきて香苗の横に立った。男もハンカチで顔を拭き、香苗と顔を見合わせて同時に声を発した。

「あら、課長さん」

「水さんか」

男は、香苗が勤めていた時、総務課長をしていた桜井だった。

香苗の姓は水林だが、職場では水さんと呼ばれ新しく入った職員は本名と思ったという。

桜井が脇に挟んでいるパンフレットを見て彼も演奏会に来ていたのだと分かった。

桜井は香苗より二つ年上で、定年退職して町の公民館の館長になったと聞いたが、香苗の住む町よりかなり離れていてお互い退職後に会うのは初めてである。

桜井は、七十歳を過ぎているが目尻の小皺がふえただけで、鼻すじの通った端正な顔は昔のままだった。青のポロシャツの上に白い上着を着ている。

「課長さん、演奏会に来られたのですか」

「水さんも来ていたのか」

「はい」

「音楽会はよく来るの」

「滅多に――。今日は昼間の公演なので久し振りに出て来ました」

このO市まで二時間かかる山間地に住んでいて、年のせいか最近夜道の運転に自信がない。

「課長さんは、クラシックがお好きなのですか」

そういってから、現役時代桜井が隣の市で毎年行われる市民による「第九を歌う会」のメンバーだったことを思い出して、余計なことを訊いたと気がついた。

「演歌は苦手でね」

桜井はパンフレットを手に持ち、もう一度香苗を見た。

「元気そうだな」

「あちこち故障だらけです」

「ぼくも同じだ」

二人とも笑った。

やはり夕立ちだった。雨が止み、濡れた路面に日が差して光って見える。

「水さんは車をどこに置いたの」

香苗は、市営駐車場と答え、桜井は知人の家だといった。

「気をつけて帰りなさい」

桜井は課長の時と同じ口ぶりで先に歩き出し、すぐ先の左の角を曲がった。

十年振りに再会したというのに、桜井はあっさりしたものだ。

県庁の出先の事務所で、香苗は福祉の課にいて桜井は別の課だが、同じフロアだったから、職員は皆知っており、桜井はだれかれなく声をかける気さくな男だった。彼に特別関心はなかったが、香苗は桜井に会って何となくうれしい気持ちになった。相手が自分と同じ趣味と知ると親しみを感じるのと似ている。

駐車場から大通りに出ると、桜井のことより先程聴いたピアニストの美しい顔が浮かんだ。プログラムでウクライナ出身と紹介してあったが白系ロシア人のような彫の深い白い肌のピアニストは眩しいほど美しく、鍵盤の上を白魚が踊るように跳ねる指、時々長い髪がゆれてピアノの響きと共にその姿にうっとりした。

曲目はベートーベンのピアノ協奏曲第五番「皇帝」。これまでＬＰレコードやＣＤ、テレビの中継で何度も聴いた「皇帝」を生演奏で聴くのは三十年振りだ。

大学を出て横浜で暮らしていた頃、労音という団体の会員になり、毎月催される演奏会で色々な音楽を聴いた。オーケストラ、ピアノリサイタル、弦楽四重奏団、バレエ公演、オペラもあった。その中で「皇帝」に感激してレコードを買った記憶がある。

郷里に戻ってから演奏会に足を運ぶ回数は減り、最近は年に二、三回。平素ＣＤばかり聴いている。

「やっぱり、ピアノコンチェルトはいいな」同じ協奏曲でもバイオリンよりピアノの方が華麗で、今回来日したドイツのオーケストラも素晴らしいが、ピアニストに魅了されて、香苗はその余韻に浸りながら、「よかった――」と何度もつぶやいた。桜井に会ったことは忘れてしまった。

演奏会があった日から一ヶ月過ぎた。夏も終わりの季節といっても猛暑が続き、香苗は午前中、草刈りや秋野菜の植付けの準備で忙しく過ごしていた。

草刈機や小型耕耘機を操作しているのを見た友人から「よくやるわね」と感心されるが、

独りだから仕方がない。

香苗の昼食はいつも遅い。その日、洗い物を済ませた時、電話が鳴った。

「桜井です」

名前がはっきり聞きとれず、香苗は一瞬間をおいて思い出した。

「課長さん――」

「今、やまとに来ているのだ」

やまとは、国道沿いにある小さな食堂で、香苗の家から近い。

「すぐ行きます」

香苗は、勝手口からスニーカーをつっかけ裏の畑を抜けて竹やぶの脇道を通り国道に出た。表の農道より近道だ。

桜井は、やまと食堂の前に立っていた。

「うどんを食べていて、水さんの家が近いのを思い出してな」

香苗の父が亡くなった通夜に来てくれていて、覚えていたのだろう。先月、O市で再会したたし、丁度、店に電話帳もあった。

何の用だろうと、香苗はいぶかった。

「これから上月城へ行くのだが、水さんもいかないか」

上月城はここから一つ集落の先の県境の峠を越えた町にある山城の跡で、昨年、NHKで放映していた大河ドラマのロケ地になった所だ。通院している病院の待合室で手にした雑誌に載っていて、香苗は知っていた。

暑い最中、上月城行きという唐突な話に躊躇したが、すぐ誘いに応じた。車の助手席の大きな紙袋を見て後部座席に身を入れた。

「急に呼び出して悪かったな」

桜井は、照れたようにいった。

「何もすることはないですから」

戸に施錠してこなかったことが気になったが、空き巣に入られても目ぼしいものはない。スニーカーを履いてきたのは正解だと思った。

峠を越えて三十分ほどで登城口の掲示板のある駐車場に着いた。

駐車場の向かい側を流れる谷川の小橋を渡り、山に入ると坂道が続いて、急な斜面を登りきった所が頂上だった。

さほど広くはない平坦な草地で、一画に城主の名を刻んだ供養塔が建っていた。

回りは林に囲まれて、登ってきた登山道の間から上月の町が見渡せた。町の中を一筋川が流れている。

桜井は草地を一周し、碑の前に立つ香苗にいった。

「山城の跡はどこも同じだな」

「課長さんは、あちこち歩かれるのですか」

「あちこちというほどではないが、調べるとかなりあるね」

香苗は若い頃から山歩きをしてきたが、史跡を目的の旅をしたことはない。山城めぐりは、桜井の趣味の一つだろうか。

「下りようか」

雲が出て日が翳りはじめた。

桜井の足は早く、香苗は途中で木の枝を拾って杖にした。以前は健脚が自慢だったのに弱ったものだと香苗は苦笑した。

先に下りた桜井が、自動販売機から缶コーヒーを持ってきた。

コーヒーはよく冷えて頬にあてると心地よい。

帰りの車で、桜井は香苗の日常を尋ねた。香苗はありきたりの返事をした。水田は親戚に耕作を頼んで、自分は家の回りの畑で野菜を作り、栗林の下草刈りなど野良仕事が主だと――。ピアノ教室に通い、障がい者施設でボランティアをしていることは黙っていた。これはよほど親しい者にしか話していない。

「うちは自分で耕作しているが、きついよ。米を買う方が安いが、田んぼがあるので仕方なく作っている」

桜井は、本当に面倒くさそうな口ぶりで、作付面積が一町歩に近いと聞いて、香苗は驚いた。

話の流れが国の農業政策に移り、桜井の熱っぽい話が結構面白い。

やまと食堂に戻って、香苗は礼をいった。

「お世話になりました」

「大した所ではなかったな」

走り去る桜井の車を見送りながら、香苗は男性とドライブしたのは郷里へ戻ってから初めてだと思った。ホテルのバイキングを楽しんだり花を見に出かける時の相手は従妹や女友だちで彼女たちの家族が一緒のこともあるが、男は彼女たちの夫か幼い孫である。考えてみれば香苗に男友だちはいない。

桜井は気紛れで声をかけてくれたのだろうが、悪い気はしなかった。

十月に入ると急に涼しくなった。

香苗の日々は変わりはなく、その日は庭木の剪定をした。さるすべりの長く伸びた枝を切るのは腕がだるく、切り落とした枝の後始末は明日にまわすことにして脚立を片付けた時、部屋で電話が鳴る音が聞こえた。

上月城行きの日以来の桜井の声だった。

「今日は何か予定があるの」

「別に――」

外の仕事はやめたが、次のレッスンの日までのピアノの練習をしようかと考えていた。

「よかったら出てこないか」

桜井は、N町へ向かう途中だといった。

ドライブの誘いだと分かった。

「どこへ行けばいいですか」

「役場の駐車場にしようか」

T町の役場で落ち合うことにして、香苗は急いで身支度をした。この前、やまと食堂へ駆けて行った時はすっぴんだったが、今日は化粧をして洋服も明るい色を選んだ。

桜井は先に着いていた。土曜日で閉庁のため駐車場には数台の車しかない。

香苗は自分の車を桜井の車の横に停めて彼の車に乗り換えた。

「待たれましたか」

「二、三分前だ」

県境の古刹の境内にある大銀杏を見に行くという。その大銀杏は天然記念物に指定されている有名な巨木で、香苗は山歩きの途中、二度ほど見ている。

「水さんは行ったことがあるの」

「はい。でも、随分前ですから」

香苗は釈明するようにいった。

桜井は、すぐ車を発進させた。

「実はな、町の樹木の調査が終わったので、気が変わらないうちに大銀杏を見たいと思ってね」

町の教育委員会の依頼で町内の老木や巨木の調査を文化財保護委員会が受けて、桜井も委員になっていた。

色々資料を見ている際に大銀杏を知り、調査の区切りがついたところで、急に思いついた。香苗を誘った理由は話さず、調査して回った木のことを喋りだした。

寺や神社、個人の屋敷にある木を見に行くのは苦労しないが、道もない山の中の老木を調べた時は足元が悪く難儀だった等、淡々とした口調だが退屈ではない。

桜井の車に乗るのはまだ二度目なのに、堅苦しさもなく、むしろ楽しんでいる自分が不思議に思えた。

瓦葺の山門をくぐり、寺の横の杉木立に囲まれて大銀杏はそびえていた。

わずかに色づいた葉を繁らせた大きな枝の下に立ち、

「うーん」

と、桜井は木を見上げている。

説明板には、樹齢九四〇年、周囲十二メートル、樹高三十九・四メートルと記してある。

「やはり、写真で見るのと大違いだな」

感心したようにつぶやいた。

木の根元から何本にも分かれた太い幹が集って巨樹となっている。

桜井は大銀杏を囲った柵の回りを一回りして香苗に声をかけた。

「紅葉の頃に撮影に来るつもりだ。その時、又、連絡するよ」

さっさと車に戻る桜井を追いながら、香苗はひとりで笑みがこぼれてきて、大銀杏が金色に染まるのはあと一ヶ月先かと考えた。

帰る途中、他愛のない話の中で、桜井は、

「中野さんに会うことはあるか」

と訊いた。

「しいちゃんですか。忙しそうで電話もしていません」

中野静江は職場の同僚で独身同士ということで親しかった。

彼女は香苗が退職と同時にM市の女子大の教授になった。栄養士だったので栄養学科教授に招かれたらしい。

「この間、町の健康づくり講演会に講師で来たが、ぼくは都合が悪くて行けなかった」

「私立の大学は定年が長いらしく、頑張っているみたいです」

「みんな色々やっているな。Y君は菊づくりに精を出し、去年、県の菊花展で賞をもらった」

桜井は、香苗が知っている元同僚たちの消息を次々と伝える。

「三ちゃんが死んだよ。退職して二年目だった」

　高橋三治は総務課付の運転手だが、他の課の仕事も引き受け、香苗は何度も世話になった。

　役場の近くまで戻った時、桜井のケイタイが鳴った。

「うん、分かった。すぐ帰る」

　桜井は運転しながら話している。

「何かあったのですか」

「隣の地区で火事があったらしい」

　桜井は区長をしていると引っぱり出されることが多いと、ぼやくようにいって、後部座席の香苗を振り向いた。

「昼めしを食べようと思っていたのが駄目になった。申し訳ない」

　香苗は自分の車に乗り換えて時計を見た。一時を過ぎている。空腹感はなかった。しばらくぼんやりしていると、ふいに三治から聞いた話を思い出した。

　在職中のことだが、静江がホームセンターで男の車に乗り換えてモーテルへ入るのを三治が見たという話だ。別に二人を付けていったのでなく、走る方向が同じだっただけ。

そういって三治は笑った。

香苗も桜井の車に乗り換えて、大銀杏を見に行った。桜井の妻は亡くなっていて久しいことはないのになぜか引っかかって、それが何だろうと、香苗は考えたが説明がつかない。助手席に置いているCDのケースから一枚取り出しセットして、エンジンをかけると、やわらかなフルートの旋律が流れだした。

曲を聴いているうちに雑念は薄らいでいった。


十一月に入り、近くの山が赤く染まるようになった。大銀杏が美しく紅葉した写真が新聞に載り、テレビのニュースでも流れた。

桜井から何の連絡もない。単独か、それとも仲間と撮影に行ったのかもしれない。

香苗は多少待つ気持ちがあったが、甥の結婚式や大学の同窓会に出るための準備に追われ、五日ほど上京している間に紅葉の時期は終わった。

十二月もあっという間に過ぎて、正月を迎えたが香苗の家には客も電話もない。静かな三ヶ日だった。

桜井はどうしているかなと思った。

いきなり電話をして、もし、息子か娘が出たら何といおうか、用事もないのに「課長さん、いらっしゃいますか」は変だ。

寒い日が続いた。

節分の日の朝、新聞を広げると、「天空の山城」の見出しで雲海に浮かぶ天守閣の写真が載っていた。

備中松山城である。

桜井と上月城跡に登って以来、香苗は古城に興味を持つようになり、その写真を見て行ってみたいと思った。

ＪＲやバスの利用の方法が記してあったが不便でやはり車しかない。しかし、遠すぎる。

ふと、桜井を誘えば車に乗せていってくれるだろうと考えた。

急ぐことではないので、この次、連絡があった時に話してみようと記事をスクラップした。

それから一時間ほど後に電話が鳴って受話器をとった香苗はびっくりした。

「あっ、課長さん」

思わず声が弾んだ。

「水さん、元気か」

「課長さんはお変わりありませんか」

「それがなあ、水さんを車に乗せてあげられなくなった」

桜井の声が弱々しく聞こえる。

理由を聞いて、香苗は再び驚いた。

大銀杏を見に行った次の週、桜井は脳こうそくで倒れたという。それほど重症でなく、退院後リハビリに通い、日常生活は普通にできるようになった。ところが、先日、軽トラックを運転して田んぼに転落して大騒ぎになった。ケガはしなかったが、娘に車の鍵を取り上げられた。

桜井の話は省略が多くてよく分からない所がある。問い返す前に、

「N響を一緒に聴きたいと思っていたが、残念だ」

そういって、桜井の電話は切れた。
○市で催されるNHK交響楽団の四月公演に、香苗はひとりで行くつもりでいた。今回も曲目に「皇帝」が入っていて、是非聴きたいと思っていたのだ。
「車に乗せてあげられなくなった」

桜井の低い声が耳から離れない。

香苗は、古い職員名簿をめくりダイアルを回した。すぐ、桜井が出た。

「水林です。N響のことですが、わたしの車で行きませんか」

桜井の家まで迎えに行くのは遠回りで、娘さんに途中まで送ってもらえたら好都合だと、香苗は気恥ずかしげにいった。

「娘に相談してみる。チケットの予約はまだ大丈夫だな」

「大丈夫でしょう」

桜井は、娘に香苗のことをどんな風に説明するだろうか。

「後輩、いや、友だち――」

どちらでもよい、ただ、次からは課長さんではなく桜井さんと呼ぼう。そう考えて香苗はくすっと笑った。

寒い日

寒に入ると朝の冷え込みが一段と強くなった。その朝起きてカーテンを開くと外は真っ白で、雪が積もった南天の先にわずかに赤い実が見える。かなりの積雪だ。

昨夜は月が明るく、美しい星空だったのに明け方に降ったのだろう。新聞を取りに玄関先に出ると、新聞配達員の靴跡に並んで動物の足跡が続いている。

下の道へ下りる坂に積もった雪の深さをはかりながら、今日は一日外へ出られないなと、由利はつぶやいた。

七十歳を過ぎてから急に体力が衰え、昨年から雪かきはやめた。

独り暮らしの身で、もし怪我でもしたら大変という思いが先に立つ。

昼前、北村信彦から電話が入った。

「正ちゃんが死んだ。今日が通夜、葬儀は明日シティホールで。通夜もシティホールでするそうだ。由利ちゃん、どうする」

信彦と正吉、由利たちは小学生時代の同級生である。

当時、七十人近い児童がいたが、現在、郷里に住んでいるのは十二人のみだ。普段、顔を合わせるのは、洋品店を営む信彦と季節毎に由利が栽培した野菜を届ける富子位で、他の連中の近況を聞くことはなかった。

「新田君と相談して、都合のつく者は正ちゃんの通夜と葬儀に出ようと決めたんだ」

「こんな雪だから、お通夜は失礼するわ」

シティホールは山の中腹にあり、由利の軽自動車では冬タイヤをつけていても無理だ。

「明日のお葬式は何時から」

「葬儀は十時から。十一時出棺」

信彦は順々に連絡しているらしく、事務的に答える。

「十時ね。雪が溶けなかったらどうしよう」

由利の思案げな返事を聞いて、信彦がいった。

「迎えに行こうか。富ちゃんにも車に乗せてくれと頼まれている」

「お願いしていいかな。助かるわ」

九時二十分に国道沿いにある地区の集会所前で待つことにした。

集会所までは長靴を履けば大丈夫だ。集会所で靴を履きかえればよい。

正吉の葬儀に参列した同級生は、結局六人だった。

五年前に開いた同窓会で配られた名簿には物故者名が数名あったが、同級生の葬儀に出るのは初めてで、七十代で他界するのは少し早いと思う。

正吉は病気を抱えていたのかと、正吉と親しかった新田に訊いた。

正吉は心筋梗塞で倒れ、その前日まで仕事をしていたという。

正吉は中卒後大工の親方の所へ見習いに入り、ずっと親方と一緒に働き、親方が引退した後は一人で小さな仕事を受けていたそうだ。

六人は出棺を見送り、自分の車で帰る三人と別れて、由利たちは信彦の車に戻った。

「正ちゃん、立派な息子を持っていたのね」

「いい挨拶だったな」

葬儀の最後に長男が挨拶をした。小柄な正吉と違い肩幅が広く長身で、太い眉は父親に似ている。

正吉が大工の仕事を誇りにして休むことなく働き続け幸せな人生を送った。自分たちにはいい父親だったと語り、会葬者へ謝辞を述べた短い挨拶には心情が込もっていた。

「正吉に部屋の建て増しを頼んだことがあるが、丁寧な仕事に感心した。小学校の時の成績など当てにならないと思ったよ」

「成績は、テストの点数だものね」

信彦と富子、由利はいつも成績は上位で、正吉はあまり勉強ができなかった。背が低いので一番前の席に座っていた。

　長じて正吉は大工職人になり、信彦は親の代からの洋品店を継いだ。富子は専業主婦、由利は大学卒業後、家から車で一時間半ほどの市役所で福祉関係の仕事を続け、管理職になることもなく定年を迎えて、今は年金暮らし。

　信彦と富子の会話を聞きながら、由利も同じような感想を持った。

　富子が先に車を降りて、集会所が近くなった時、信彦が問いかけた。

「由利ちゃんは、今も小説を書いているのか」

「冬眠中」

　十年ほど前、由利が県民文化祭で小説が入選し、それを知った信彦が祝いの電話をくれた。その後、由利が自費出版した本を届けると、感想は無しで読んだ報告はしてきた。

「由利ちゃんは、昔から頭が良かったから」

　頭の良し悪しでなく、ただ、文章を書くのが好きなだけだ。

「字は忘れるし、パソコンは使えない。情けないわ」

　由利は笑い返した。

　信彦に礼をいって車の外に出ると、車の両輪の跡だけ雪が溶けていた。

正吉の葬儀から一週間も経たないうちに、陽平の告別式の知らせが届いた。

まだ納戸の衣紋掛けにつるしたおいたままの喪服に手を通しながら、由利は「ああ、寒い」と身震いした。

雪は降らないが雲の多い寒い日が続いている。

陽平はいとこだが、由利と血縁関係はない。戦後、食糧難の頃、妻を失い赤ん坊を抱えた伯父の所へ、戦争未亡人が子どもを連れて後添いに入った。

その連れ子が陽平である。小学生だった陽平に伯父はつらく当たり、近くに住んでいた由利たちは、陽平が可哀想と話した。

陽平は中学を卒業すると、隣町の製パン工場に住み込みで就職した。

伯父が亡くなった時、陽平に会い、和菓子の店を持ち、娘が三人いると聞いた。

細く痩せていた陽平は恰幅のよい男になっていた。彼にはそれ以来会っていなかった。

伯父側の親戚は叔母の長男と由利の二人だけで、骨あげを待たず由利は彼と斎場を出た。

子どもの頃、叔母の家へ遊びに行って他のいとこたちと「哲兄《にい》」と呼び合ったが、今は哲也さんである。

コーヒーを飲んで帰ろうという哲也の車の後に付いていき、スーパーの隣の喫茶店に寄った。

「元気にしてるか」

由利の住む村と山を一つ隔てただけなのに哲也には関西のなまりがある。

「病気というほどもないけれど、医者通いばかりしています」

本当のことをいった。

「わしも同じや。薬をよけい飲んどるわ。元気だった陽平が先に逝ってしもうた。がんやったそうだ」

陽平の娘に聞いたと前置きして、陽平の最期を話した。

昨年の秋、陽平にすい臓がんが見つかり、もう手遅れであと三ヶ月の余命と宣告を受けた。三ヶ月の間に、陽平は店の名義や後々のことを娘夫婦に託する手続きを済ませた。

この正月の二日に病院から数時間だけ自宅に戻って家族全員で写真を撮ったという。

「苦労しただけあって、大したものや。家族にあまり迷惑をかけず、娘孝行しよった。わしも、長患いしとうないなあ」

哲也は、しみじみといった。

しばらく二人は黙ってコーヒーを飲んだ。

「あのな」

哲也が口を開いた。

「わし、長浜へ行くことにしたのや。今の家は知り合いに田んぼも付けて譲り、息子の家の近くにマンションを借りた」

「いつ行くのですか」

「四月。ばあさんが温こうなってからにしようというのでな。わしも八十五やさかい、百姓はきつうなった」

「長浜ですか」

由利は、亡くなった妹とびわ湖巡りをした時に訪れた旧い街並みを思い浮かべた。

哲也には色々世話になった。母の葬儀で親族代表で挨拶を頼み、何回か庭の松の剪定をして貰った。いとこの中で一番親しかった哲也が遠い地に行ってしまう。陽平との別れ以上に寂しい気持ちになった。

昨日は昼頃まで寝ていたが、今朝はいつもの通りに起きた。

市販の薬が効いて熱は下がったが、鼻水は出る。筋肉痛で身体のあちこちが痛み、湿布薬を貼ってみたが効果はない。とにかく、だるくて仕方がないのだ。ただの風邪だから病院へ行くほどでもないと思い、座椅子の背にもたれながら、雪見障子のガラス越しに外を眺めていた。

庭のもくれんの木にひよどりが止まって何か啄んでいる。テレビ台の下から双眼鏡を手にした途端、鳥は飛び立った。畑の上の電線の回りをとびが旋回し、急降下してすぐ舞い上がって今度は電柱の先に止まる。

そんな外の様子に目を向けていても、由利はこれから先のことを考えて気分が落ち込む。風邪よりも大きな病気に罹った時はどうしようか。由利は正吉を思い浮かべた。

正吉のようにポックリ死ねばいいが、孤独死で何日もだれにも気付かれない場合は惨めだし、周りの人たちに迷惑をかける。

陽平は余命三ヶ月と宣告され、その通りになった。もし、自分が管に繋がれて何年も生きるより、陽平のような終わり方を望むのは、あまりにも勝手といわれそうだが、哲也が「長患いしとうない」といったことばが耳に残っている。

由利は、うとうとした。ほんの短い間、まどろんでいると、正吉が夢に出てきた。並んで歩きながら由利が正吉に話しかけている。

目が覚めて、由利はその情景を思い出した。小学校五年の時で、ある日、由利は校門の先を正吉が雨に濡れて歩いているのを見て傘をさしかけた。各々家が別方向で、分かれ道の所まで同じ傘の中で歩いた。何を話したか覚えていない。

級長は、友だちに親切にしなさいと、先生のいうとおりにしたに過ぎない。

級長になった時、父からは、人に迷惑をかけてはならない。お前は頭が良いのではなく努力型だといわれた。

先生や父の教えを守った訳ではないが、由利はあまり人に頼らないように生きてきた。人に迷惑をかけてはならない。このことばが強くのしかかるように感じ始めたのは、この数年前からだ。どんなに努力しても、人の手を借りる時がくる。今まで漠然としていたものが直面した問題となって迫っている。

こたつの中に投げ出した足の痛みを和らげるために足を組んで正座に近い姿勢になり、由利はこたつの上に頬杖をついた。

病気や、日常生活で支障をきたすことになった時、高齢者の福祉サービスを受けて何とか独り暮らしができても、最期を委ねられるのは家族なのだ。

子も孫もいない自分はどうする。

正吉の葬儀で挨拶した長男や、陽平の家族の姿が浮かんでくる。

――もし、自分に子どもがいたら――

正吉の葬儀の帰途、頭をかすめた思いが、再び甦った。

しかし、由利は家族を持たなかったことを悲しんだり後悔はしていない。

障がいを持つ人たちに寄り添って一生懸命働いてきた。大工の仕事に誇りを持っていた正吉にほんの少し似ている。

仕事が好きで、人を愛したこともある。自分が輝いていたと思える時は、老後のことはあまり考えなかった。

「自分で選んだ人生だ。後悔はしない」

自分に言い聞かせる一方で、正吉や陽平が羨ましく思えた。


ストーブの時間切れのアラームが鳴り、延長ボタンを押すと同時に電話のベルが聞こえた。

「M葬儀社の石浦と申します」

若い女性の声だった。

あまり関係のない会社や団体からの電話はすぐ切るのだが、M社は母の葬儀で世話になっていたため、満更知らない所でなく、受話器はそのままにした。

電話の内容は、T町のJR駅前に新しく斎場が完成し、三月一日から営業を始める案内で、会員に電話しているという。

そういえば、由利は会員証を持っている。母の葬儀のあとすすめられて、会員になった。月々一定額を積み立て満期になれば葬儀費用の一部になる。

新しい斎場はシティホールより離れているが地の利はいい場所である。

ふと、この機会に費用のことを尋ねようと思った。

「一寸、お伺いしたいのですが、葬儀料の最低はいくら位？」

「当社の最低料金は〇〇万円でございます」

十五年前の母の葬儀に要した額の三分の一だ。

「ご親族は何人位いらっしゃいますか」

石浦が逆に質問してきた。

そうか、葬儀料の他に、会葬者の飲食や返礼品の費用は別なのだと分かった。

「家族葬の予定です」

由利は自分の場合、祭壇も写真も無しで火葬だけでよいと考えている。

「お身内の方の相談でしょうか」

「私、本人の葬儀です」

「あのー、ご家族は息子さんかどなたか」

慌てて石浦が訊ねた。

「居りません。後始末は弟に頼むつもりです」

「弟さんは近くにお住まいですか」

「いいえ、離れた所にいます」

「弟さんがお姉さんの所にお出でになる日が分かれば、営業担当の者を説明に伺わせます。お二人ご一緒の方がいいと思いますので」

死者が説明を受けても無駄なのだなと、由利は苦笑した。

急ぐことはなく、参考までに尋ねただけといって、由利は電話を切った。

四人姉弟の中、一人残っている弟は、長い間小学校の校長を務めて、定年退職後、O市のはずれに住んでいる。息子たちは県外で家庭を持ち、妻と二人の悠々自適の生活で、時々、自分が生まれ育った由利の家を訪ねてきた。

男手の必要な仕事を頼んだり、野菜の苗を持って来て栽培の方法を教える。釣りが趣味で釣った魚を冷凍したものを弟嫁が持たせてくれることもある。

弟は実家に戻る考えはなく、由利の代で終わる家の処分も含めて、最期のことを頼めるのは弟しかいないが、その話に触れたことはない。それが弟には余分な仕事だけに、迷惑をかけることを恐れ、そして申し訳なさが気を重くして先延ばしをしている。

葬儀社の石浦に急いだことでないと返事したものの、弟に話す時期を決めなければと思う。

由利は「パン、パン」と自分の頬を叩いた。

色々考えるのは春になってからにしよう。寒くて風邪をひき、体調不良の時はマイナス思考になるばかりだと、気を取りなおしたのだった。

湯に浸かると肩から背にかけて鉄板のようにガチガチになった筋肉がじわじわと緩んでいくような感じで、由利はつぶやく。

「ああ、いい気持ち」

やっと風邪が治って、入浴は五日振りだ。

身体が軽くなり、眉間にしわを寄せていた顔がほころんでくるのが分かる。

そして、今日一日が無事に過ぎたことを有難く思った。

たった一日の間にも「ハッ」とすることは度々だ。低い段差の敷居に躓いて転びそうになったり、椅子に浅く腰掛けて尻餅をつき、圧迫骨折したかと心配する。車を運転していて、ひやりとすることも多い。

髪を洗い、もう一度身体を湯に沈めて、ゆっくり浴槽の縁の手すりに掴まって立ち上がった。母のために取り付けた手すりが役に立っている。

風呂から上がりしばらくして、弟から電話があった。

「ぼくだ。さっき電話したが出ないので心配した」

「ごめんなさい。お風呂に入っていて聞こえなかったのよ」

「別に用はないが、あんたが一日中喋らずにいたのではないかと思ってな」

由利はびっくりした。どうして由利の様子が分かったのだろう。

由利は、二日も三日も人と話さない日があっても寂しくないが、人恋しくなる日もある。弟がこんな優しい心遣いをしてくれたのは初めてである。涙が出るほど嬉しい。

「ありがとう。風邪をひいて家にこもっていたから、声を出すのは三日ぶりよ」

葬儀社の石浦と話をして以来である。

由利は、たわいもない話をした。

狸が毎晩庭に出没して糞を溜めて、その糞の始末に困ったこと、陽平の葬儀の様子や、いとこの哲也が転居する話などを、弟は「ふん、ふん」と聞いている。

「子猫ちゃんどうしてる」

「ああ、元気だ。玄関に上がると足に纏付いて、いいズボンの糸がほつれたり、わやをしている」

昨年の暮れ、弟夫婦が墓参りに来た時、子猫を一緒に連れてきた。老猫が死んで、再び飼い始めたという。菓子箱のひもに戯れ、由利の膝にのって相手をしていると、実に可愛くて面白かった。

ペットがいると楽しいだろうが、由利は飼う気持ちはない。

家に居ると楽しいことはなく、観たい映画があるが、O市まで出掛けると帰りが遅くなるので諦めたと、つい愚痴を漏らすと、弟がいった。

「それなら、うちに泊まればよい。夕食を一緒に食べてゆっくりしていけよ。遠慮はするな」

弟は「遠慮するな」と続けていう。

これまで、由利はO市へ出た帰り、弟の家に寄って、少々遅くなっても帰って来た。泊まったことはない。

最近、由利は日暮れに車を運転するのが恐ろしくなり、遠出を控えている。

「親切にいってくれてありがとう。まだ、映画が上映中かどうか調べてみるわ」

弟の好意を受けようと思った。

新聞を広げて映画案内を見た。由利が観たい映画は覚えていた映画館と別の所で上映中で、上映時間は分からない。

映画館の電話番号をメモしながら、弟がだんだん優しくなったと思った。

優しくされるだけ、迷惑をかけるのが申し訳ないという思いが強まる。

昨日読んだ女流作家が書いた「私の死に支度」の中の一節を反芻する。

老人は老いの孤独に耐え、病の苦痛に耐え、人に迷惑をかけていることの情けなさ、申し訳なさにも耐え、そのすべてを恨まず悲しまず受け入れる心構えを作っておかなければならない——略。

ストーブに載せたやかんから蒸気がのぼり、やかんの蓋がカタカタと鳴っている。

明日の朝も気温が下がるらしい。

残りの旅

川沿いに続く山のあちこちに咲く山桜は満開だった。若芽がふいた木々の中に花が白く浮かんで絵のような景色を眺めながら、紀子は運転している利津に話しかけることもなく、利津も黙っていた。

二つ三つ小さな集落を過ぎて、橋の手前にドライブインが見えてきた。

利津が、速度を落としながら、

「食事をしていかない」

と、いった。

紀子は、空腹感はないが喉は渇いていた。

土産物を並べている入口の右手が食堂で、昼どきを過ぎているためか客はあまりいなかった。

食券売場に男が一人座っていた。

「コーヒー二つ下さい」

「ホットコーヒー、二つ」

男がマイクで注文する声が店内に響く。

紀子たちは、窓際のテーブルに座り、改めて店の中を見回した。奥の席の客がこちらを見たが、年のいった喪服姿の二人に気を留めた様子はない。

コーヒーを運んできた店員が食券の半片をちぎり、言葉もかけずに立ち去った。

紀子は、香りのしないカップを手にとった。一口、飲んでつぶやくようにいった。

「まだ、信じられない」

「わたしも同じ。沙恵ちゃんは、もうがんの再発はないといっていたのよ。又、山に登ろうと自分からいい出しておいて――」

利津も、声をつまらせた。

紀子と利津、沙恵は高校の同級生で山仲間だった。今年の正月、三人で古希の祝いの食事をした時、山行きの話が出るほど沙恵は元気だったのに急逝した。

沙恵の死を知らされたのは昨日のことだ。

家族のいない独りぐらしの紀子の所に、夕食時電話をかけてくるのは、通信販売の業者か、保険会社で、電話がなった時、又かと、紀子は舌打ちした。

「福原紀子さんですか」

電話は、沙恵の弟だった。

「姉の沙恵が亡くなりました。万一の時、福原さんにお知らせするようにと、姉が書き残していたものですから」

一週間前、沙恵は身体の不調を訴え入院し、急に容態が悪くなったと話した。

電話の背後で慌ただしい気配が聞こえ、紀子は、告別式の日時と場所を訊いた。

「姉の遺言で、葬儀は明日、家族だけで営みます」

沙恵の弟は、JAの運営する斎場の名と、出棺は十一時、小さく答えた。

斎場は、集落から離れた山の中腹にあり、葬儀は本館の建物の隣の和室で営まれた。

参列したのは沙恵の弟夫婦とその息子、叔母、紀子と利津だけ。六人で見送った。

沙恵は、がんの再発でなく肺炎を起こしたそうだ。しかし、生前にエンディングノートを作っていた。

葬儀は家族葬、死亡時に連絡する友人、重要書類の置き場所、その他、細々と書き残していたという。

利津の都合で骨あげを待たずに帰る二人に、沙恵の弟は参列の礼とあわせて、エンディングノートのことを話してくれた。

紀子は、沙恵の柩に尾瀬ヶ原の写真を一枚納めた。

沙恵と一緒に登った山は数えきれないが、何度も歩いたのは尾瀬だけで、初夏から夏、秋。沙恵は至仏山の頂上からの景色を気に入っていた。

店の中は静かで窓から駐車場のすぐ横の崖から一筋、滝が流れ落ちるのが見える。

利津も気がついたらしく、

「色々、思い出すね」

と、しみじみといった。

山行の途中、いくつも滝を見た。山登りの他、沢登りもした。

「沙恵ちゃんは、特別に親しい人はいなかったのかしら」

突然、利津が訊いた。

「彼女、あまり自分のことは話さない人だったから」

利津が結婚し子育ての間、独身同士の紀子と沙恵は二人だけで山歩きをしていたが、山の話はしてもお互い自分のことには触れなかった。三人は、気のおけない山友達で、特に沙恵のさっぱりしたところが好きだった。

各々、大学を出たあと、偶然だが三人は東京近郊、川崎、横浜で就職し、高校の同窓会関東支部の会で再会した。年に一回顔を合わせ、いつの頃だったか、沙恵が紀子を山に誘い、それから利津が加わった経緯がある。

紀子は山歩きの楽しさに引き込まれ、三十歳代は毎月、一、二回、四十歳を過ぎてからはだんだん回数が減ったが飽きもせず歩いた。

コーラスや、料理教室は半年ほどでやめ、山歩きはずっと続いた。

定年を迎え、まるで申し合わせたように紀子と沙恵は郷里に戻った。

利津はかなり前、同郷の夫が家業を継ぐためすでに夫の実家に移っていた。

同郷といっても、三人の家は遠く離れていて、利津と紀子は瀬戸内側の東西に位置する町、沙恵は県北の山村。紀子は実家で母の世話があり、利津も自営の仕事を手伝って多忙な日々、沙恵は、弟の家の近くに自分の家を建てて気ままにくらしていた。

この十年、三人揃って会う機会は数えるほどしかなかった。会っても食事をする程度である。

この正月過ぎ、三人で古希の祝いをかねて県都のO市で食事をした時、沙恵から山の話が出た。

県北にはいい山が多く、又、三人で登ろうという提案に、紀子が真っ先に乗った。母を看取り身軽になっていたからだ。

山旅を実現しないまま、沙恵は旅立った。

紀子は、コーヒーを飲み終えて、ふと、思いついた。

「ねえ、沙恵ちゃんと約束した山歩きをしようよ」

「わたしも、今、考えていたの」

利津は、朝から初めて微笑を浮かべた。

「約束の山行き」

「追悼登山」

利津は、日程もコースも紀子に任せるといった。

その時、店の入口で人のざわめく声がして、こっちへ団体客が入ってきた。

「行きましょうか」

利津が先に立ち、紀子もバックを抱えて席を立った。


沙恵の告別式から帰って以来、紀子は自分の葬儀について考えるようになった。

母の葬儀の際、喪主は弟が務めたが葬儀社や地区の講組との打ち合わせ、親戚の接待などは全て紀子の仕事でその煩わしさに疲れ果てた。自分の時は、葬儀はしなくてよいと考えた位である。

兄と妹はすでに他界し、身内は弟しかいない。沙恵と同じように家族葬というより、弟夫婦で送って貰おうと、紀子はエンディングノートに書き残そうと思った。

墓は、福原家之墓を建てており、祖父母、両親が眠っている墓に埋葬のことは決めてある。

いつだったか、美容院で手にした女性週刊誌に、独身女性が死亡した際、身内でも預金を引き出せないので葬儀代を現金で用意しておく必要があるという記事があった。

簡素な葬儀ならそれほど費用はかからないだろうから、少しまとまった金をタンス預金にしておくのは簡単だ。

葬儀の他に弟に頼むことはいくつもあり、面倒なことはなるべく残さないようにと思うが、気懸りなのが父名義の遺産のことである。

遺産といっても、僅かな田畑と山林、今、紀子が住んでいる家屋と土地だが、亡くなった兄と妹に子どもが各々二人、紀子の亡きあとは、弟と合わせて五人に相続権がある。すぐに売却できないものを分配することは難しい。

問題なく弟に全てを委ねるためにどうするか、弁護士に相談しようかと考えていたある日、町の広報紙で無料法律相談のお知らせを見た。

いい機会だと思った。

その日、公民館の研修室に行くと、相談申し込み者は紀子だけだった。

相談員は中年の温和な紳士で、司法書士の矢沢と自己紹介した。

紀子の話をじっと聞いていた矢沢は、要領よく答えた。

「先ずは、お父さん名義の不動産を、福原紀子さんの名義に変更すること。その手続きが終わったあと、福原さんの全財産を弟さんに相続させるという遺言書を作っておけばよいでしょう」

遺言書は自分で書くのかと訊くと、自筆でも、公正証書でもどちらも有効でその違いを丁寧に説明してくれた。

名義変更の手続きは司法書士に頼めばやってくれるという。公正証書も司法書士が扱い、手数料が必要と知らされた。

今日は、司法書士会から派遣で来ているが、矢沢は隣町に事務所を開いているそうだ。

紀子は、名義変更の手続きや遺言書の作成を矢沢に依頼することにした。

甥と姪には予め紀子から連絡しておくように矢沢から指示があり、電話だけで彼等は簡単に同意してくれた。

名義変更はスムーズに終了したが、遺言書の手続きは公証役場へ赴かねばならない。

公証役場は県庁裏通りのビルの中にあった。

八月終わりの午後、紀子は矢沢と矢沢事務所の女性職員の三人で公証役場に行った。

ビルの三階の部屋は矢沢事務所とさほど変わりない広さで、入口の長椅子で待っていると呼ばれた。

長机の前に三人が並んで座り、向かいの席の公証人が一礼した。

「それでは、内容を読みあげます」

—遺言者は、遺言者が死亡時に有する全ての財産を遺言者の弟である福原雄一郎に相続させる。

遺言者は、本遺言執行者として次の者を指定する。

司法書士　矢沢直樹
「これに間違いなければ、署名捺印して下さい」

公証人が差し出した証書に、先に紀子が署名捺印し、続いて矢沢も紀子の氏名の下に署名捺印した。

本証は、公証役場が保管するという。同じ証書を紀子に渡され、それで完了だった。

部屋を出た所で、紀子は矢沢に深々と頭を下げた。

「色々とお世話になりました。これで、いつ死んでも安心です」

「まだ、そんな年ではありませんよ」

矢沢は、日に焼けた顔で笑った。

矢沢は海釣りを趣味にしているらしい。

矢沢は、本当によくしてくれた。遺言書に必要な保証人の手配、それに、遺言執行者まで引き受けてくれたのだった。

離れて住む弟を銀行に走らせなくても済む。

矢沢に出会えて幸運だった。

ただ、弟には迷惑をかけるが懇願するしかない。

大きな課題が一つ片付いて、紀子はホッとした。

駐車場で矢沢たちと別れて、紀子は、書籍店へ寄ろうと思った。山のガイドブックを探すつもりだ。

利津と二人で歩く終わりの山旅の準備をしなければならない。

車の中はサウナのようだった。

若杉峠の登山口に着いたのは、十時少し前だった。沙恵の葬儀に参列するために来た道と同じだが、斎場入口の信号を過ぎて更に一時間走り、スキー場を横に見て、登山口の所で道は行き止まりになった。

紀子は自宅を出て途中、スーパーの駐車場に車を置いて、葬儀の時と同じようにそこで利津の車に乗りかえた。

秋の彼岸が過ぎても残暑が続いているが、登山口は標高が高いのか、風が冷んやりして山に来たのを実感する。

トイレを使い、それから二人は山歩きの準備をした。靴を履きかえ、途中で買った弁当をリュックに入れて、軽く足の屈伸運動をしたのち、出発した。

山道はゆるやかで谷川沿いに走る道には石畳みが敷いてある。

かつて古い時代、美作国と因幡国の要路であり古道であった。

先を行く利津の後を紀子は黙々と歩く。山歩きの時は言葉を交さない。長い間の習慣というか流儀になっている。

ブナの林の中は静まりかえっている。利津の歩みはかなりゆっくりで、昔の紀子の足ならもっと速いが、久し振りの歩きには丁度よい速さだ。

三十分歩いた所で、利津が振り返った。

「ゆっくり過ぎる？」

「いい具合よ」

「歩きやすい道ね」

「うん、ガイドブックで知ったのだけれど、古道という趣を感じるわ」

紀子は、ポケットからあめを取り出し、二つ利津に渡すと、自分も口に入れた。

立ったまま小休止して、再び歩きだした。原生林遊歩道の分岐の案内板の所から直進し、ほどなくして峠の頂上に着いた。

道の脇に地蔵尊がたたずみ、前方に山の峰が望めた。

地図を手にして、又、三十分ほど歩いて、一一二四米のピークに到達した。

眺望はあまりよくない。

小さな休憩場所で、二人は弁当を広げた。

「沙恵ちゃんは、何度もこの山に来たのかしら」

利津が、訊いた。

「沙恵ちゃんの家からだと一番近いからね」

沙恵が話していた通り、県北には一〇〇〇米級の山がいくつもある。山のガイドブックで調べたが、日帰り登山するには若杉峠が適当で、沙恵につながっているように思えて、この山を選んだ。

沙恵は老後は里山を歩きながら暮らしたいといって、川崎のマンションを引き払い、郷里に家を建てたのだった。

その生活は長く続かなかった。さぞ、無念だっただろうと思う。

「一緒に登りたかったね」

「いい出しっぺが、いなくなるなんてー」

利津も紀子と同じ思いをしていたのだ。

「沙恵ちゃんの家、どうなるのかな。でも弟さんがいてよかった」

利津はそういって箸を止め、紀子の顔をじっと見た。

「あなた、あんな広い家に独りでいて寂しくない」

母が健在の頃、利津が一度遊びに来たことがある。

「独りは慣れているもの」

この数年は母と一緒だったが、紀子はずっと独りの生活だった。

「そうか、あなたにも弟さんがいるんだ」

利津は突然質問して、そして、急に納得したようにつぶやいた。

紀子は、弟に全て相続させる遺言書を作ったことを話そうとしたが、それは明かすことではないと思いやめた。

それから二人で弁当の味つけの良し悪しなどたわいのない話をした。

弁当の殻をリュックに戻し、紀子はリュックの底から園芸用のスコップをとり出した。

そして、そばに立つブナの木の根元を掘り布着を埋めた。布着は少し重みがある。

「何が入っているの」

利津が上から覗いた。

「山旅の記念品。旅の埋葬よ」

これまで山小屋に寄った折々に求めたバッジがかなりの数になり、紀子は処分について思案していた。

金属製品だから棺に入れられない。不燃物ゴミにするのは辛い。

それで、この方法を思いついたのだ。

「内緒にしてね。山への不法投棄だから」

利津はうなずいた。

リュックを背負い、帰路は紀子が先に歩くことにした。

「これで三人の山旅も終わりね」

「本当に寂しくなったわ」

寂しくなったという利津には家族がいる。

紀子は、自分の残りの旅のことを考えた。頂上を目指して、わくわくしながら山を登ったあの楽しさを味わうことはないだろう。楽しみは減ってもアップダウンの少ない道を歩きたいと思う。尾瀬の湿原を思い出す。

「行くわよ」

利津に声をかけると、紀子は林の中の道をゆっくり下っていった。

彼岸花

やっと母の長い電話が終わった。先に電話をかけたのは志津だが、用件は、九月の連休には家に帰れないという簡単なものだった。そのあとが母の話になった。

久代の息子が妻に逃げられたというのだ。久代は、母の従妹で、県北の過疎の村に息子と住み、息子は農協に勤めている。四十才になる息子には結婚相手がなく、業者の世話で中国人女性を妻に迎えたが、理由がよく分からないまま、三ヶ月いただけで妻は中国に帰ってしまった。

その結婚の最初から別れるまでの一部始終を、母はかなりオーバーに喋り、その結婚にかかった費用はかなりの額で、久代は災難に遭ったようなものだと気の毒がった。

「あの気位の高い久代さんが、よく業者に頼んだわね」

志津は、父の葬儀や法事で久代に会ったが、自己顕示の強い女だった。

「もう、見栄も外聞もなかったらしいわ。あの家は一人息子だから、久ちゃんは、とにかく跡取りの子どもが欲しかったというの。あの村では資産家で山林や田んぼがあるから、家が絶えるのは大変なことなのよ」

「でも、外国の人があの村で暮らすのは難しいでしょう」

「それが、同じ村に中国から来た人が子どもも生まれて、とてもうまくやっているのですって。だから、久ちゃんも気持ちが動いたと思うの」

母の話につきあっていると、いつまで続くか分からない。

五十に手が届く独り身の志津には、久代親子の話を聞いていても大変だなと思う程度だ。

志津は、適当に切り上げて、買い物に行く支度を始めた。支度といっても、ブラウスを着替えるだけで、立ったまま鏡を見た。白髪がふえている。美容院に行こうか、独りでつぶやいていると、電話がなった。

「志津さん。塚原です」

名乗らなくても声を聞いただけですぐ分かる。塚原恭子は声の調子が高い。

「役所に電話をしたら休みをとっていると聞いたものだから。具合でも悪いの」

「夏休みよ。一日残っていたので捨てるのは惜しいでしょう」

「そうか、夏休みは九月いっぱい大丈夫なのね」

恭子は、市役所に入った時の同期だった。出身大学は違うが、事務系の採用者の中、女性は志津と恭子の二人だけで、研修中から、すぐ親しくなった。配属が別になっても、地下の食堂で一緒に食事をしたり、退庁後、ビアガーデンや休日に旅行を楽しみ、恭子が結婚するまでは、よくつきあった。専業主婦になっても、たまに電話をかけてくる。

「今でも小説を書いているの」

「気が向いた時だけ。怠けてばかりよ」

志津は若い頃から地域の文学サークルに入って、同人誌に作品を書いてきた。同人誌が出る度に恭子に送っているが、最近は書くのが休みがちになっている。

「書いたら読ませてね」

恭子は、他に用事がある様子で、いつもと違ってくどくど訊かなかった。

「今、話してもいいかしら。一寸、お願いがあるの」

「いいわよ」

美容院も、買い物も急ぐことではない。志津は再び電話の前の椅子に座った。

恭子の頼みは、長男の縁談のことだった。相手の女性について調べてほしいという。その女性は、市立保育所で保育士をしている。志津は今の介護保険の係に来る前、保育所の担当をしていたので、保育所長の中に知り合いもいるだろうから、本人を知っている所長に訊いて貰えないかといった。

身許調査など頼まれるのは、志津はあまり気が進まない。

これまで、一、二度志津は同僚について聞き合わせの電話を受けたことがあるが、困惑した。それを経験しているだけに聞き辛い。

「調べなくても、本人同士がよければいいでしょう」

志津は、返事を渋った。

「私はいいのだけれど、姑がうるさいのよ。仕事振りとか、人柄を訊いて貰えないかしら」

「上司は、部下のことを悪くいったりしないわよ」

志津もそうだが、役所では何につけても、当たり障りのないように答える体質がある。特に親しい身内になら本当のことをいうだろうが、もし、欠点があっても第三者にわざわざ知らせたりはしない。

「でも、陽気なタイプか、そうでないか位は話して貰えるでしょう」

「それこそ、直接、会えば分かるのに――」

恭子が姑の手前、頼むというので、志津は結局、引き受けた。

本人の名前と年令、勤務先を恭子が告げるのをメモして、電話を切った瞬間、志津は、まさかと思った。

すぐ、職員録を取って来て保育所の頁を開いた。深沢美紀、××町××番地、やはり間違いない。志津が車で人身事故を起こした時の被害者が、深沢美紀といった。あれから十年が経つ。二十八歳という年令も合っている。

当時、美紀は高校三年生だった。むちうち症で二週間入院している間、志津は、四、五回会っただけだが、極めて悪い印象を残し、名前は忘れていない。


事故は十年前の暮れに起こった。

毎年、志津は年末に母の所に帰っているが、その年は、母は関西に住む兄の家で正月を過ごすというので、志津は自分のアパートで過ごすことになった。

三十日の夕方、買物から帰る途中、志津の車がタクシーに衝突したのだ。国道の交差点の手前の側道に曲がった所へ斜め横から来たタクシーの助手席のドアにぶつかるという事故だった。双方の車は破損したが、タクシーの運転手や乗客にケガはなかった。志津も無事だった。あまり速度は出ていなかったと思うが、志津の方が一時停止を怠ったらしい。

気が動転していて、タクシーの乗客と言葉を交わす余裕もなく、衿に毛皮のついた短いコートを羽織り、ブーツを履いた若い女性は、すぐ、タクシー会社が迎えに来た車で立ち去った。

その若い女性が深沢美紀だった。市内の私立女子高校の三年だと聞いて、ずいぶん大人びた娘だと思った。

念のため、美紀は、病院で診察を受けたところ、むちうち症により二週間の入院が必要といわれ、T病院に入院した。

T病院は個人の外科病院で、美紀の自宅からそれほど離れていない場所にあった。

事故の翌日、志津が見舞いに訪れると、美紀はベッドの上で膝を立て、足の爪にペディキュアをしていた。

昨日はもう日暮れでよく顔を見なかったが、一重瞼の日焼した顎の尖った顔で、何となく陰気な目つきをした娘である。

「ごめんなさいね。迷惑をかけて――」

志津は、加害者ということから、弱腰になった。

「身体のどこが痛みますか」

むちうち症と聞いたが、首にカラーはつけていなかった。

「――――」

美紀は、ちらっと志津を見て、ペディキュアを続け、返事をしない。

見舞いの果物を枕頭台に置きながら、

「何がいいか分からなくて。ご希望のものがあれば買って来ますけど――」

と、志津は訊いた。

美紀は、ぶっきら棒に答えた。

「女性週刊誌」

「じゃあ、すぐ買ってくるわ」

小さな病院だから売店はない。病院から一番近い大型スーパーで雑誌を求め、再び、病室に戻ると、中年の女性がいた。

髪をアップに結い、胸元を大きく広げた和服姿で、普通の主婦には見えない。

美紀は彼女に向いて大きく手を広げたり、自分の胸をたたいてケラケラ笑っている。

やっぱり、普通の子だなと思いながら、本当に二週間も入院が必要だろうか、志津は何となく釈然としないものを感じた。

週刊誌を渡し、帰りかけた志津に、女性が声をかけた。

「美紀の叔母です。こんな店をやっていますの。役所の皆さんと来て下さいな」

差し出した小型の名刺にスナックの名前があった。女性は、志津が市役所勤めだと知ったらしい。

それから一週間後に、タクシー会社から、美紀にタクシーチケットを渡したと連絡があった。入院中に外出したり、退院後、通学や通院のためタクシーを使いたいといってきたそうだ。美紀自身か家族からの申し出なのか分からないが、それは当然の要求だ。

予定通り、美紀は二週間で退院し、すぐ、通学を始めた。ところが、十日毎にタクシー会社から届く請求書を見て、志津はびっくりした。入院中、自宅以外の所へ行ったり、退院後も、日曜日にタクシーを使っている。請求書にはチケットが添付してあるので、料金や日付が分かる。

全く、ちゃっかりしているというか、図々しいというか、志津は不愉快で、美紀のことをいまいましく思った。

美紀に頼まれて、学校に書類を届けた時も、ありがとうもいわない。自分は被害者だからという意識だろうか。志津にしては、可愛げのない娘であった。

八月の末、示談書をとり交わすことになった。タクシー会社の事務所の一室に、美紀の代理人として病院で会った叔母が来ていた。白いシャツに黒い背広を着た若い男が一緒だった。

タクシー会社の事故担当者が保険会社との交渉や、事務処理をしてくれて、示談書も用意してあった。示談書には、事故発生日、場所、事故の状況が記され、示談内容は、加害者が相手側に負担する金額として、治療費、事故解決金、通院・通学のタクシー料金が示してあった。その示談書に各々が署名捺印するだけでよかった。

志津は前以って説明を受けていたので、すぐ署名しかけた時、示談書に目を通していた若い男が、「あのー」と、手を上げて志津にいった。

「この事故解決金が、一寸少ないな」

志津は、事故担当者と顔を見合わせた。金額として妥当だと聞いて、了解していた。

「一寸、お待ち下さい」

事故担当者は、志津を部屋の外へ連れ出した。

「弱りましたね。あの男は、山川組系の組員です」

「組員？」

志津は、怯えた。

志津には事故のことで、怯える理由があった。事故を起こした時、上司の課長にすぐ連絡したが、休み中のため正式な報告処理はできず、御用始め以降にする予定にしていた。しかし、課長が病に倒れ、結局うやむやになってしまった。

ここで、組員といざこざが起こって、人事課に知れると面倒なことになる。

「分かりました。希望に添いましょう」

志津は、組員の要求を受け入れることにした。担当者が組員と話し合い、解決金の金額を訂正して、それで示談は終わった。

後味の悪い事件だった。志津は、組員の名前を訊いて、示談書の枠外に書き留めた。

美紀と組員の亀田の名は、生涯忘れないと思った。


美紀が勤務しているあけぼの保育所は、隣のK市と境のJRの駅近くにあった。

所長の井上千佳は、志津が三十代の頃、労働組合の女性部の役員をしていた時、井上も保育所支部から選ばれて、組合活動を共にしたことがあり、志津も井上もお互いよく覚えていた。

井上が都合がよいと指定した日、志津は丁度代休がとれて、約束の二時に訪ねると、井上は、職員室に一人いた。丁度、午睡の時間帯で、保育所に子どもがいる気配が感じられない位静かで、どの部屋にもカーテンが引いてあり、保育士たちは保育室の中にいるらしい。

井上は、志津より二つ三つ年上だが、若い頃とほとんど変わらず、ふっくらした丸顔で、身体は少し太り、貫禄がついた感じだ。

用件は電話で簡単に話していたが、詳しい経緯を話し出す前に、井上は、前置きなく、すぱっと短く、口にした。

「彼女、いい娘ですよ。さっぱりしていて――」

井上の率直な一言は真実味があり、美紀を色眼鏡で想像していた志津には、一寸、意外であった。

「口数は少ないですが、しっかりしています。プライベートなことは、本人はあまり話さないし、私も訊いたりしないのでよく知らないのですよ。訊かれるのは嫌ですものね」

そういいながら、所長用の事務机の横に座っている志津に、井上は茶を運んできた。部屋の隅に、ポットや茶わんを置いた台が見える。

「おっしゃる通りです。本人の知らない所で自分のことを話されるのは、尚更嫌でしょう。本当に、今日はご無礼して済みません」

志津は、美紀について触れるのはやめようと思った。井上の一言で十分だ。

「本庁の中にいると、ぬるま湯に浸っているような日もありますが、こちらは毎日大変でしょうね」

「そうですね。子どもの安全には一番気を使います」

「保育士の皆さんを束ねるのもご苦労がおありでしょう。皆さん、専門職だから活発だろうし――」

志津は、課長補佐という立場になって、平職員の時と違うしんどさを感じていた。

「保育士全員が元気という訳ではないですよ。昔に比べて温和しいというか、自分から進んで意見を出す人が少ないですね。指示待ちというタイプかな」

「それは、私の職場でも同じです。若い人はあまり質問してこないし、いわれる通りのことはするのですが」

「私たち、昔は市長に抗議しにいったり、勇ましかったですね」

志津は井上と、組合の女性部時代のことを懐かしんで笑いあった。

「こちらには、若い人が多いのですか」

「若いといっても三十前後が三人います」

「どなたも独身ですか」

「ええ。親と同居しているので、居心地がいいのでしょう。結婚する気がないのかと思っていたら、そうではないみたいでこの間、久し振りに職員全員で食事をしに行きましたの。そしたら、びっくりしました。口々に、早く子どもが欲しいというのですよ。他人の子どもを世話していると、自分の子どもが欲しくなるみたいです。美紀さんのことでお電話を頂いた時、彼女は見合いの話を受けるだろうなと思いました。いいご縁になればうれしいですね」

いつの間にか、美紀の話に戻った。

志津は素直な気持ちでうなずいた。

その時、ピンクのジャージ姿の保育士が部屋に入ってきた。

志津の方に顔を向け、小さく会釈すると部屋の奥の棚から何か抱えて、すぐ出ていった。

「彼女が深沢さんです」

井上が、そっと教えた。

栗色に染めた長い髪を後ろで束ね、目のあたりまで前髪をたらしている顔に、生意気で無愛想だった美紀をだぶらせるのは難しい。

美紀の方でも、志津に気がつかなかっただろうと思う。志津は、ここ、二、三年で急に老けた顔になった。母によくいわれる。

子どもたちが午睡から起き出したらしく、泣き声や廊下を走る足音が聞こえ、急に騒々しくなった。

志津は、井上に礼をいって腰を上げた。

保育所の駐車場を出ると、駅舎の向こうに黄金色の稲田が広がって、畦に赤い彼岸花が帯のように咲いていた。稲田は線路沿いに続いて、同じ市内とは思えない田園風景だ。

踏切を過ぎて、小さな橋にさしかかった時、志津は思わず、ブレーキを踏んだ。

右手の土手の斜面が真っ赤に染まり、まるで炎を上げて燃えているように見える。

志津は、橋を渡りすぐ右に折れて土手道に車を止めた。

彼岸花は、土手の斜面を埋めつくし、はるか向こうまで赤一色で、志津は息をのんだ。

土手の斜面を下りて水際に立ち、赤い血をたぎらせているように咲く花を見ていると、志津は、何故か胸が熱くなって、いのちを燃やし尽くすように愛した男のことを思い出した。

カメラマンの彼は、花の写真を大きく伸ばし、何枚も志津の部屋に持ってきた。どの写真にも花ことばが添えてあった。

彼岸花に気圧されるのは、その花ことばが、“思うのはあなたひとり”という一途さにあるせいかもしれない。

ずいぶん、遠い日のことだ。

車に戻った志津に、再び遠い日のことがよみがえり、それは、さっき井上から聞いた話に重なった。

美紀たちが望んでいると同じように、あの頃、志津も子どもが欲しいと思った。しかし、シングルマザーになる勇気はなかった。

気持ちを一新して、きちんとした作品を書こうと決心した。それからいくつも書いたが、どれもこれも未熟のままでいまだに成熟した作品を持てないでいる。

ふと、思った。美紀は、どんな恋をしただろうか。以前の志津の印象からだと、男友達の二人や三人いても可笑しくはない。二十八歳まで独りでいるのは何かあったのかと、つい、疑った見方をしてしまう。

しかし、華やかとはいえない保育の仕事を選び、普通に結婚して子どもを持ちたいという美紀の今の姿が本物かもしれない。

志津は、美紀の一面しか見ていなかった。人は何かの拍子で変わることもある。そう考えると、いまいましいとさえ思っていた不快さを払拭できる。

何のこだわりもなく恭子に返事ができそうで、志津は気が楽になった。

美紀について、井上から聞いた通りを恭子に伝えた次の日のことだ。

日曜日で遅い朝食を済ませて新聞を広げると、地方版に最近では珍しいかなり広いスペースの囲み記事があった。

「婚活」という大きな見出しのついたその内容は、結婚紹介業者と利用者の間でトラブルが生じている話で、上海で見合いをして結婚したが、夫が渡した生活費を持ったまま、二週間で姿を消した中国人妻のことや、業者に中国人女性を紹介されて結婚を決意。すぐ業者から成婚料として多額の金額を請求されて払ったが、一日後、結婚はダメになった。金は返せないといわれたというケースなど、具体的なトラブルを並べている。

読みながら、志津は、久代と息子のことを思い浮かべた。記事に出ている話によく似ている。悪徳業者にひっかかった訳ではないだろうが、結果は同じだ。久代は、もう諦めただろうか。理由は何であれ、子どもを諦めるのは辛いことだ。いつになく志津はしんみりして、それでも紙面を眺めた。

婚活の記事の下欄に、偽装結婚の疑い、組員ら三人逮捕の太い活字を見て、全く嫌なニュースばかりだと、読みとばそうとした時、志津の目が止まった。容疑者、山川組系暴力団組員、亀田稔、その名前に覚えがあった。

古い文書を入れた箱から示談書を出して見ると、同一人物であるのは確かだ。

あの時、亀田と、美紀の叔母の関係について知らされなかったが、まだ、関わりがあるのだろうか。

恭子が美紀の身内の聞き合わせをしたら、亀田の名が浮かんでくるかもしれない。

美紀の父は不動産業を営み、市役所通りに大きなビルを持っていると、志津は、タクシー会社の事故担当者から聞いていた。

事業家の家となら、恭子の方でも縁談が不釣合とは考えなかったのだろう。

恭子の家は衣料品店を営んでいる。

しかし、組員の亀田が出てくると、恭子の姑は黙ってはいないと思う。

志津は昔、見合いの話があった時、相手の家の家柄が悪いと、祖母から反対された。どんな家柄か今は忘れたが、そんなことも思い出し、志津は眉を曇らせた。

顔を上げると、前に彼岸花の写真があった。彼が写した写真をシーズン毎にとりかえて飾っている。

血をたぎらせるように咲く花は、いのちが燃えているかのように見える。

志津は不意に不思議な気持ちになった。

新しいいのち、志津はつぶやいた。自分に叶わなかったものを美紀に託したい。

「いいご縁になるとうれしいですね」

井上の穏やかな声が、今でも志津の耳の奥に残っている。

「もし、うまくいかなくても、美紀さんはまだ二十八歳ですもの。又、新しい出会いをして、子どもは産めますよね」

その辺りに井上がいるかのように、志津は、一人、ことばを返していた。

フミの出番

父をO市の歯科医院に連れて行き、父は診療のあと碁打ち仲間の家で碁を打ち、そのまま泊まるというので、信子は一人で帰ってきた。

畑の隣の車庫に車を入れて、庭迄のゆるい坂を上っていると、前の家の裏庭から甲高い声が聞こえた。嫁の絹江と姑のフミが大声で言い合っている。

梅の木が遮って姿は見えないが、声は丸聞こえである。

「危ないから、ウロウロしなさんな」

「危ないことはない」

「大工さんの邪魔になるから、向こうへ行きんさい」

「何が邪魔じゃ、ちゃんと気をつけとるわい」

絹江の家では、浴室とトイレの改修工事をやっていて、数日前から職人が来ていた。昨日、信子も見てきたが、狭い庭に材料の木材や、ブロックが積んであって、足元は危ない。

絹江のものいいは普段からきついため、大きな声になると叱りとばすように聞こえる。フミは他人には穏やかで、おっとりした口調なのだが、絹江に対しては刺があった。

絹江にいわせると、可愛気がないのだそうだ。家族全員同じようにおかずを皿に分けて出すと、「こんなに仰山入れて、食べれはせん」とフミは文句をいう。それならと、量を減らすと、「今日は、うちの分はえらい少ないなあ」と絹江たちの皿をじろじろと眺めて、嫌みをいう。聞こえないから必要なことしか話さずにいれば、何も教えてくれんと怒る。

絹江はそれほどお喋りな女ではなく、勤め人の夫に代わって畑仕事に精出し、毎日、鞄や手提の内職をしている働き者で、信子の家へ用事があって来ても余計なことはいわないが、時折り、フミについて愚痴をこぼした。

絹江が嫁いで来た時は、信子はすでに家を離れていたから、盆暮れに帰省する位では前の家の事情はよく分からず、父の話だと二人の関係は今に始まったことではないらしい。以前は、何もかもフミが采配し、最近は立場が逆になり、フミは絹江から何もするなといわれ、それがフミには辛くてたまらないようだ。

絹江たちの声はすぐ止んで、金槌の音が響き、庭先の柿の木の枝先で、鳥が啼いた。

朝は曇っていた空がきれいに晴れて雲一つない。信子は洗濯竿を軒下から日向に出し、しばらく庭に佇んだ。

父を疎んじている訳ではないが、父が明日迄いないと思うと、何だか開放された気分になる。信子は昨年の春、四十年近く勤めた保育園を定年退職した。退職後、知人が運営している託児所を少し手伝い、マンションの売却や後片付けをして郷里のこの村に帰ったのは昨年の秋の終わりだった。名古屋の近郊の町で一生の半分もの歳月を過ごしたのに、その地をついの住処にする気はなく、一人ぐらしの父を放っておけない事情もあった。九十歳の父は三年前母に先立たれて、その後、自分で家事をこなし、一人でも十分生活ができていたが、東京に住む妹はひどく心配し、信子も老後は郷里でくらすつもりでいたから、予定通りの行動だった。

しかし、父と二人の生活を始めてみると、それ迄のひとりぐらしの時とはかなり勝手が違い、いくら父親といっても、遠慮や気兼ねが必要で、それが窮屈に思えて、「しんどいな」と、一人つぶやくことがあった。

食事の献立、味付についても、父は別に何もいわないが気を使う。電話一本かけても、長電話は控えるし、テレビを見る時間帯も、隣の部屋で休む父に対して、気兼ねをしなければならない。数え上げるときりがない。

あまりにも長い間、自由気侭に過ごしてきただけに、信子は新しい生活に気疲れを覚えた。だんだん慣れていくだろうと思いながら、父の方も同じではないかと考えるが、毎日、畑仕事に趣味の碁や、絵を描いたり本を読むといったマイペースで過ごしている父にわざわざ訊くことはないと——。

結局は、信子自身の問題だった。

「さて、今日は何をしようか」

信子は、家の中に入り縁側のレースのカーテンを引いて、サッシの戸を開けた。

赤い実をつけたピラカンサスの枝から、めじろが一羽飛び立った。

もみじが紅葉し、父がこまめに手を入れた庭を眺めると信子は心が和む。縁側に立つ度にここが自分のついの住処だと思う。しかし、ここでどのように生きていくのか、信子は確かなものを持っていない。保育士として働いていた時に、子どもたちに話し聞かせていた自作の童話を、しっかりした文章で、作品にするというのが、定年後の目標だったが、思い通りにはいかないもので、もう一年が過ぎたというのに、漫然と日を過ごしている。

「どうするかな」

信子が、再びつぶやいた時、絹江が回覧板を持ってきた。

「さっき、聞こえたでしょう」

絹江は、少しきまり悪げにいった。

「おばさんは、大分、耳が遠くなったわね」

「そうなの、少々の声では聞こえないのよ」

「でも、元気なのは有難いことよ。寝たきりになって世話をすることを考えてみなさいよ。そりゃ、大変だから」

父についても、日頃、そう思っている。もし、介護が必要になったらどうしようかと、叶うものなら長患いしないように密かに念じているが、口にはしなかった。

「そうね。ものは考えようね」

区長の家の年寄りがもう十年も床についている話や、近隣の同じような人のことを絹江の方から持ち出した。

絹江は、一頻り喋るとさっぱりした表情で帰っていった。

回覧板は農協婦人部から回ってきたもので、年末の買い物用の昆布や煮干しの注文票だった。信子は特に注文もなく、坂の下の隣家へ届けに行った。声をかけたが留守で、ポストにつっこんで戻ってくると、フミが庭に立っていた。

「信ちゃん、菊はいらんかな。庭を潰すというので掘ってきたんじゃ。小菊じゃけどよう咲いて、仏様に供えるのに丁度ええ花なんよ」

まだ、赤と白の花をつけた菊の株が一抱えほど庭においてある。

セーターにキルティングのチョッキを羽織り、フミは腰を折った格好で、いつもと変わらない笑顔を見せた。農作業を続けた男の黒さに劣らず、フミの顔は陽焼けが滲みこんで額にも頬にも太いしわが走り、信子はフミを見る度にイラストに描かれるおばあちゃんそっくりだと思う。

信子は何度も頭を下げた。「ありがとう」と口に出しても、フミには聞こえない。

「ここのお婆さんも、花が好きじゃった」

フミは、庭を眺め回し、ふと、思い出したように、

「お婆さんは、なんぼで死になさった」

と、訊いた。

「八十七よ」

信子は、フミの耳元に口を寄せた。

「八十七かな。私は八十五だからもうちょっと間があるな。早うお迎えがこんかと待っとるんだけれど、中々御陀仏にならんで困るわ。もう、どうでもようなった」

太い声だが、何となく力がない。信子は、フミに返しようがなく、黙って見つめるしかなかった。

「ほな、さいなら」

フミは、二つ折にした腰に手を回し、坂をゆっくり下りていった。

秋晴れは続いていた。玉ねぎの苗を植えている父に、信子は声をかけた。

「お父さん、歩いてくるわ」

日課となった散歩は、春から始めた。村の中を西に向かってのびる農道は途中から二つに分かれ、直進すると国道に通じ、左にとると山際をくねくねと曲がりながら、隣の山崎集落に続く。信子のコースは、山崎の入口迄の往復四十分の行程である。

庭の前の坂を下りて、絹江の家の横を曲がって農道に入る時、信子は、いつも庭先で椅子に掛けたフミを見かけた。ぽつねんと、宙を眺めているフミと目が合ったりすると、フミは微笑し、手を振った。

その日、フミの姿はなかった。道端に咲き残った野菊や、りんどうを眺めながら、信子は大きく手を振って歩いていく。村の連中には滅多に会うことはなかった。稲を刈り取った田んぼの上を白鷺が優雅に舞っている。信子が童謡を口ずさみながら檜の林のカーブにさしかかった時、前の方を老女が歩いて行くのが目に止まった。腰の曲がった格好はフミに違いなかった。

「この時間に、どこへ行くのだろう」

三時を過ぎて、陽は傾き始めている。信子がけげんに思った時、突然、叔父のことが頭をかすめた。

父の弟は分家をして、同じ部落に住んでいたが、十年前、がんを患い、それを苦にして溜池に身を沈めた。その溜池がこの先の谷あいにある。家の者は叔父がいつ家を出たのか気がつかなかった。

「三郎さんが、お大師さまの方へ歩いて行くのを見たが、気にも止めなかったですわ」

叔父の姿を最後に見たという老人が、葬儀のあと、父に話したそうだ。

「まさか、フミさんが――」

信子は早足になり、フミに並んだ。

「おばさん、どこへ行かれるの」

フミの肩すれすれに身体をかがめ、信子はかなり大きな声でいった。

「信ちゃんか」

フミは、びっくりしたように立ち止まった。

「お大師さまじゃ。今日が二十一日というのをすっかり忘れとってなあ」

フミは額に汗を滲ませている。

十米ほど先に、道から林に分け入った所に小さなお堂があり、そこに地蔵仏が祀ってあった。村では古くからそれをお大師さまと呼んでいた。二十一日というのは弘法大師が入滅された日にちなむのだろうが、母も生前、毎月欠かさずお参りしていたらしい。

「お母さんが眠ったままあの世へ行けたのは、お大師さまのお蔭かも知れん。ぽっくり逝けるように頼んでいるといっておったからな」

母の通夜の日、父がぽつりと漏らしたので分かった。母は一度、軽い卒中の発作を起こして、二回目を案じていた。

父のいうように、母の最後は穏やかだった。口を半分開いて笑っているような顔をしていた。

信子の早とちりだった。それで安堵したが、フミも母と同じようなことを祈るのだろうかと、又、余計なことを考える。

「信ちゃん、早う歩いて行きんさい。私はお参りしたら帰るから」

フミは、信子に促す。

「おばさん、気をつけるのよ」

「大丈夫じゃ」

西陽を受けて、フミは眩しそうに手をかざした。

夕食の時、信子は父にフミの話をした。

「叔父さんのことを思い出して、ひょっとしたらと思ったの」

「おフミさんは、自分から死んだりはしない」

父は、事も無げにいった。

「どうして？早く迎えが来ないかと、この間も話していたのよ」

「それはわしも聞いておる。好きな畑仕事が出来ず、毎日がつまらんと辛がって、口ぐせになっているだけだ。今は、陽当たりのいい部屋を貰い、昔のことを考えると夢のような結構な身だと本人がいう位だから、死ぬほどの苦しさはないと思うな。昔はひどかった」

信子も、子ども心にフミの家は村一番貧しいと感じていた。男の子ばかりで遊びに行くことはなかったが、家は半分壊れかけていて、時々、フミが醤油を借りに来ていたのを覚えている。

信子が中学生の時、フミの家は家事で焼け、新しい家を建てたが小さな平屋で、今の家はフミの長男に絹江が嫁いで来た後のものである。

フミの夫は体が弱く、フミが土方に出たり、漬物工場で働いて三人の息子を育てた。頼まれてあちこちで田植えの手伝いや、山仕事もするし、寝る暇もない位働き通しだった。田んぼも今は三反歩位あるが、それはフミが金が溜まると少しずつ買い広げたものだ。八十歳を過ぎても内職をして、畑には出ていたし、じっとしておれない性分なのだろう。父は珍しく口数が多く、フミのあれこれを語った。

父が教員で、食扶持程度の田んぼもあり所帯のやりくりにそれほど困らなかった信子の母に比べると、フミの苦労は並大抵でなかったものと思われる。

フミは、信子の母が亡くなった頃、畑に行く途中溝に落ちて腰の骨を折り、以来痛みが取れず、絹江からも畑に行くのを止められてしまったという。庭の花畑も自由にいじらせて貰えなくて、テレビを見てもよく聞こえないから面白くない。フミにとって毎日がつまらなく思えるのは無理はないと父はいった。

「色んな考え方があってな、生きているだけで有難いと思う者や、早く死んだ方がよいという者、一日でも長生きしたいという者、この村の老人会でも各々様々じゃ。わしはまだ絵を描きたいし、碁ももっと腕を上げたいという欲がある。おフミさんは、うちの母さんが死んでから話し相手もおらん。毎日退屈だと思うよ。おまけに家では厄介者扱いだからな」

父は、今日はもう一本飲みたいなと、酒の燗をせがんだ。目許のあたりが薄桃色に染まり、普段の目つきより柔らかい。

「お父さんは、いっぱいすることがあっていいわね。皆からも頼りにされているし――」

父は、町の絵のサークルでは古参だった。

「お前は、どうなのだ」

「私は特に――」

童話を書くのだというと、まるで少女趣味だと一笑されそうだ。しかし、それ以外に何があるだろう。信子はいつだったか父と交わした会話を思い出した。

それは、父と一緒に近くの山を歩いた時だった。

父は信子に結婚する気はないかと問い、相手がいないというと、老後はどうすると、重ねて訊いた。村に戻って山を眺めて暮らすと答えた信子に、そんな生活が続く筈はない。今のうちから何か打ち込めるものを見つけてとりかかった方がよい。父は現役時代の教師のようにいった。確か、信子が定年にはほど遠いと思っていた頃だ。

考えなかった訳ではない。しかし、五十歳代の初め、園長になり、専門学校の講師も務めながら仕事の忙しさにかまけて努力しなかった。

今、改めて後悔に似た思いが信子の心を締めつける。

父が盃を置いて「信子」と呼んだ。

「わしに遠慮しなくてもよいから、行きたい所があれば行け。やりたいことがあったら始めるのだ。日が経つのは早いぞ」

「――――」

父にいわれる迄もなく、信子は毎日、何をするでもないのにどんどん時間が経過するのを恐ろしいと感じている。

この夏は、ようやくこの地区に下水処理の施設が整ったのを機に、信子の家もトイレを水洗にしたり水回りを直す工事が長くかかり、落ち着かなかった。それが片付くと、信子の毎日は家事と隣町のスーパーへ買物に行く他は、父の外出の度に車で送り迎えをする位で、本も碌々読まず原稿用紙にも向かわない。

自分に問いかける。自分は一体、何をしているのだろう。今のままでいくと、父を看取り一人になった時、フミと同じことをいい出しかねないぞと。

うろたえる気持ちをはぐらかすように、信子は父にいった。

「お父さんは、まだ出かけたい所があるの」

「いや、年齢だからな。それでも白石島にはもう一度行ってみたい気もする」

父は瀬戸内海のその島で教鞭をとったことがあり、あまりにも美しい海を眺めているうちに絵を描き始めたと、母から聞いたことがある。

「来年の春、行きましょうか」

信子は、ふと、フミを誘ってみようかと考えたが、フミより絹江に反対されそうで、頭を振った。旅はまだ先だが、明日からでも、信子自身の計画を立ててとりかからなければいけない。父の美しい銀髪に目をやりながら、信子は冷えた銚子を取り上げ、自分に言い聞かせた。

十二月に入って急に気温が下がり、初冬というより真冬並みの寒さが訪れた。夏でも冬でも、父は六時起床、七時迄に朝食という習慣は変わらない。

長い間、朝はパン食と決めていた信子も、父とくらし始めてごはんと味噌汁に慣れてきた。炊飯器のタイマーをセットしておけば、起きてから味噌汁は簡単に出来る。父が畑で作った野菜や、わかめ・豆腐・油揚げなどが日替りで汁の具になった。白菜の漬け物は父に教わり、樽漬けはつい二日ほど前に済ませた。

その朝は大霜だった。コンロのガスに火を点けた時、救急車のサイレンの音が聞こえ、いつもなら川沿いの国道を通り過ぎるのが、信子の家の下の道へ上がってくる。そして、すぐ近くで止まった。

「お父さん、救急車よ。前のおばさんがどうかしたのかしら」

父は、縁側に出てサッシ戸を開けていた。

「私、行ってみるわ」

信子はガスを切り、勝手口から駆け出した。坂を下りるのをやめて、前の畑を横切りフミの家の納屋と母屋の間を抜けて家の前に回ると、納屋から担架が車に運ばれるところだった。

フミが戸口で震えながら立ち、信子を見て、

「絹ちゃんがー、絹ちゃんがー」

と、叫ぶようにいった。

絹江の息子も側に顔を強張らせて棒立ちしている。

絹江の夫の昭一が車に乗りこみ、再び、サイレンの音を響かせて救急車は発車した。

何事かと近くの家から人が集まり、遠巻きにしていた。区長の徳山が息子の所に近付い

て訊ね始めた。切れ切れに側の信子にも聞こえて、大体のことが分かった。

絹江は、納屋の中を改造して、内職の仕事場にしていて昨夜も仕事をしていた。朝、台所にもどこにも絹江の姿が見えないので、絹江の夫の昭一が納屋を覗いて、倒れている絹江を発見したという。集っていた連中が立ち去り、信子も家に戻ろうとして、ひょいと中を見ると、フミが玄関の上がり框に放心したように掛けていた。ネルの寝間着の上に半纏を羽織っただけで素足のままだ。

「おばさん、寒いから中にはいりましょうよ。風邪をひくわ」

信子が手を貸すと、フミはゆっくり立ち上がり、「すみませんな」と繰り返し、座敷に入った。息子の姿は見えなかった。

午後、区長の妻が、絹江の様子を知らせてくれた。

絹江は、昨夜、入浴のあと、仕事場に豆を煮る鍋をかけた練炭火鉢を運び、内職をしていたそうだ。倒れた原因は、一酸化炭素中毒によるものだが、命に別状はなかった。

それを聞いて、信子は安堵した。先月、友人の娘がくも膜下出血で倒れ、駄目だったのを聞いていて、もしや、絹江の身に悪いことが起こっていないかと心配していた。

絹江が救急で入った病院に、年末まで入院することになったと、フミから聞いたのは、一週間後だった。後遺症はなく、落ち着いているという。

家事は、昭一と息子がして、フミは後片付けで洗いものをしている。

暮れの三十日の朝、前の家の裏庭から煙が立ち上っているのが見えた。

四国に住む従妹からみかんが一箱届いて、フミにも少し食べて貰おうと、信子は畑を通って裏を覗くと、フミが庭に据えたブリキのかまどに薪をくべていた。蒸器から湯気が立っている。

「おばさん、お餅つきかな」

信子は、絹江と同じ位大声を出した。

エプロン姿のフミは、信子を見上げて、

「今日から昭一が休みでなあ。昔は餅つきは大変じゃったが、今は機械がついてくれるから楽なもんじゃ」

と、張りのある声をした。

「それでも、米を洗ったり、用意が大変でしょう」

「三臼だから大したことはない。こんな年寄でもちっとは役に立つもんだわ」

フミは、明るく笑った。

「絹ちゃんが今日戻るんじゃ。まだ、しゃんとしとらんらしい。私も当分安気にしとれんわ」

フミの元気な立ち居振る舞いを見ていると信子は母を思い出す。

米を洗うのに手は冷たいし、いくら機械でも餅つきは手間がかかる。餅をついたら年末の大仕事が終わったみたいでやれやれという気持ちになるという母を、毎年、大晦日ギリギリに帰省する信子は、とうとう手伝わず終いだった。

「信ちゃんは、もうつきなさったか」

「昨日、済ませたのよ」

「二十九日は、日が悪いというのに――」

フミはそういいながら、蒸器の蓋を取って中に手を入れ、「ええじゃろう」とつぶやいて、台所の方へ向かい、

「昭一、来てくれんか。蒸し上がったわ」

と、怒鳴るようにいった。

その声には、絹江と言い合う時と違って、何となく丸みがあって弾んだ響があった。

信子は、みかんの袋を勝手口の棚に置き、「どうぞ」という仕種をフミに示すと、踵を

返した。短い間でもフミに出番が戻ってきた様子に、思わず口許が緩みそうになった。

顔を上げると梅の枝が頬に触れ、手を伸ばした枝先にはすでに大きくふくらんだ蕾が見えた。

道楽

歳末大売出しの宣伝カーが行ったあと、表通りの車の音が途絶えて辺りが静かになった。三時から商店街が歩行者天国になるのでその時間らしい。

薬を持って来て長々と話しこんでいた製薬メーカーの男が、帰り仕度をしながらいった。

「さて、行くかな。ボーナス日だといっても大して嬉しくないですね」

「だって君のところは随分儲かっているじゃないか。ボーナスはたっぷり出るのだろう」

「社長が高額所得者だからといって、社員の方は関係ないですよ。先生のところこそ金がうなっているでしょう」

男は探るような目をして笑った。

「馬鹿なことをいって貰っては困るよ。こんな小さな町で精神科の開業医が儲かる筈はない」

私は軽く舌打ちをした。

「でも、今年の長者番付上位の医者は確か精神科でしたよ」

男はいい返す。

「それは土地でも売ったのだろうよ。診療所の収入などどこだって同じで大したことはない。君、診察料がいくらか知っているかい。アル中の患者の診察で一時間も話を聞いて、たった千円少々だよ」

男はそれを聞いて「へえっ」と納得のいかない顔をして、それから呆れたようにいった。

「先生、アル中のような面倒な患者をよく診るのですね。大体、アル中というのは道楽者で、病気ではないですよ」

「そんなことはない。本人が酒をやめる気になって治せば立ち直るんだよ。君が持ってくる薬が役に立っているのを知らないのかね」

私はむきになっていった。

「信じられませんよ。それに生活の中から酒を取ってしまったら、他に何の楽しみがあるのですかね。つまらないでしょうね」

男はよく飲むらしく、今日も仕事の退けたあと一杯やるのだといった。

誰だってアル中になる危険はあるんだ。飲むのはほどほどにしておけというと、男は苦笑いをして帰っていった。

「面白い人――」

薬を戸棚に並べていた看護婦の道子が、男が出て行った扉の方を見て肩をすくめた。

「あいつだって、毎日欠かさず酒を飲んでいれば十年後にはアル中患者だよ」

「自分だけは大丈夫だと思っているのですわ。でも、こんな水みたいな薬でアル中が治るなんて知らなかった――」

道子が手を休めていった。

戸棚に並べている薬はさっきの男が持ってきた抗酒剤だが、この薬は彼女のいう通り水と全く同じで、味も臭いもない。

「おいおい、早合点するなよ。薬だけ飲んでいて酒が止まるなど、そんな簡単なものではないぞ」

新米の道子に抗酒剤の効用は話した筈だが、まだ十分判っていないらしくて、私はまた同じ説明を始めた。

抗酒剤は一般に酒の嫌いになる薬といわれているが、薬を服用しているだけで自然に酒を飲む気が起こらなくなるというものではない。抗酒剤を服用していて、その上に酒を飲むと呼吸が苦しくなり吐き気がしてもどしたりすることがある。毎朝薬を飲んでおくと一日中酒を飲めなくなり、それが長く続くと酒も切れるという事だが、薬をやめてしまえばいくらでも酒は飲める。三年間抗酒剤を飲み続け酒を見るのも嫌だといっていた者が、もう薬なしでも大丈夫だろうと薬をやめた直後、知人の結婚式で一口飲んだ酒が引き金になって、再びアル中に戻ったという話がある。

ビタミン剤を飲むのとは違って、自分が本気で酒をやめようという意志がなければ続かないし、他にも色んな条件が必要でアルコール中毒から脱け出すということは生易しいことではない。

「薬だけで無理だとしたら、断酒の会というのがありますけれど、あれは効果があるのですか」

道子は再びダンボール箱から薬をとり出して戸棚に移す作業をしながら、訊いた。

「そうだね。うまくいっているのは断酒の会に入っている連中だから。しかし、会に入ったからといってみんな酒をやめている訳でなく、失敗しているのもかなりいるからね」

「アル中の患者さんが集まって自分の過去を話しているだけのようですけれど、不思議な会ですわ」

「うん。他人の話を聞くと身にこたえるらしいね。会に入って色んな人と交わる中に、自分も立ち直り、またひとりでも多くのアル中を助ける使命を感じるようになるのだから、医者にない力があるようだね」

私はコップに残っていた麦茶を飲んだ。

「そういえば、今朝のT新聞に断酒の会のことが出ていますよ」

道子はふと気がついたように、机の引き出しを開けて手提げから新聞をとり出した。

「ほら、ここに」

道子が広げた新聞の地方版の上の方に、「活躍する断酒の会」という見出しで会の紹介がのっている。

大トラのシーズンがやってきたが、アルコール中毒は十年前の七倍に増えた。専門の治療施設は少なく、アル中で苦しむ患者も家族も困っている。断酒の会はアルコールと縁を切って更生するために、アル中同士が定期的に会合を持ち、支えあい慰めあう会としてめざましい成績をあげている。

そんな記事の最後に、断酒の会の世話をしている村石の談話があった。

村石もかつてはアル中患者で、私の所にしばらく通っていたが酒がやめられなくて、ついには精神病院に入院した。病院を出てから生まれ変わったように一滴も酒を飲まなくなった。そして今は断酒の会の世話を熱心にやっている。どんな具合で酒がやめられたか村石を知る者はみな不思議がって聞くと、村石はいつもこういった。

酒のない生活をしてみると、今までとは別の新しい世界があることが分かったからだ。

人間その気になればやれるものだよ。最初のきっかけは娘の涙だったがね。娘に叱られて入院したのが転機でそれで目が覚めたのかもしれない。

新聞にもそれと同じことがのっていた。私はその記事を読みながら、村石の幼い娘が必死になって「お父さん、死んじゃあだめ」と叫んだ日のことが思い出された。あの夏の盛りの日の情景は今もありありと浮んでくる。

四年前の夏、一ヶ月遅れの盆が終わってその日は朝からかんかん照りの暑い日だった。外で昼食を食べて診察室に戻ると、電話がなっていた。

「もしもし」

受話器を上げると子どもの声がした。

「先生、お父さんが――」

「君、だれ？」

受話器の向こうで少女の声がつまった。

「村石です」

今度ははっきりした口調だった。

「お父さんがどうかしたの」

「お酒を飲んで無茶苦茶いうのです」

少女のせっぱつまったような声に、涎をたらして正体もなく酒を飲んでいる村石の様子が想像できた。

少女は正子といって、食堂をやっているために昼間店を抜けられないという母に代わって、アル中の父親の薬を取りに来ると、丁寧に挨拶をして帰る子どもだった。

「お母さんは？」

「いないんです」

正子は弱々しく答えた。

「じゃあ、すぐ行くからね」

私は電話を切ると、すぐ仕度をした。仕度といっても往診鞄の中味を調べるだけで、いつもなら看護婦がやるのだが、急用が出来て休んでいた。

表通りの商店街を少し行って、駅前の大通りを突き抜けた所に広大な敷地を持った電気工場がある。村石はその工場の正門前に小さな食堂を営んでいた。手伝いの小母さんを一人雇って夫婦でやっているが、朝も早く店を開けて味噌汁が旨いという評判だった。

私は店の隣の空地に車を停めた。表の戸は鍵が閉まって、村石食堂と染めぬいた暖簾が出ていない。裏にまわると開け放った窓の外に汚れた簾がかかり、簾の外側の物干竿に子どものシミーズが一枚だけ干してある。

裏口の戸を開けると、正子がおびえたような顔で土間に立っていた。

「お父さん、寝ているのかい」

正子はかぶりを振って後ろを振り返った。すぐ向こうに一升壜を前に置いて、村石がパンツ一枚の恰好で座っているのが見えた。

「心配しなくていいよ」

正子の背を軽く叩いて、私は部屋に上がった。

「よおっ、暑いね。店は休みか」

私は村石の前で胡座をかいた。

「野上先生か。盆休みだ」

村石はろれつの廻らない口調で、私を見ていった。黄色く濁った目が窪んで頬の肉がげっそり落ちている。この様子では三日位前から飲み続けているらしい。

小柄な男で、短く刈った頭に手拭いをしめるときりっとした顔になり、真白い割烹着など着ていると年よりは若く見えるのだが、今日の村石は十も二十も老けた感じである。村石は一升壜を持ち上げてコップに酒を注いだ。つまみらしいものは何もない。何も食べずに飲むからいっそう身体が衰弱する。

コップに注いだあと、村石は一升壜を私の前にぐいと突き出した。

「まっ、先生も一杯どうかね」

そういってコップのないことに気付いて、奥の方へ向いて怒鳴った。

「おい、正子、コップ持ってこい」

部屋の奥が店の調理場になっている。まるでそこで待機していたかのように、正子がコップと栓を抜いたジュースを盆にのせて運んできた。

小学校五年にしては大人びて私の娘に比べるとしっかりしている。

「よく気がつくね」

私は感心したようにいった。

「ジュースなんか持ってきやがってー、さあ先生、一杯飲め」

村石は酒を注ごうとした。私は車で来ているから駄目だと制止したが、コップをひったくるようにして強引に酒を入れてしまった。

「村石さん。抗酒剤はやめたのかね。こんなになるまで酒を飲むなんて無茶じゃないか」

「薬っ、へっ、あんなもの飲めるか。わしはな、誰が何といっても酒をやめないからな」

村石は唾液で濡れた口の端を手の甲で拭いながら、光のない目で私を見据えた。

「分かったよ。ちょっと血圧を計るから腕を出してごらん」

私は鞄をひき寄せて聴診器を首にかけ、村石の手首を握ろうとした。

「放っておいてくれ」

村石は手をふり払って怒ったようにいう。

「放っておけって、そうもいかないよ。こんなに弱っているのだから」

「大したことはない」

といって、私がどんなにいっても村石は聞こうとしない。

私は気を変えてたわいもない世間話を始めたが、村石は乗ってこない。それで、妻の姿を捜すように私は部屋を見廻した。

「奥さんは?」

「ああ、昨日から帰ってこない」

村石は他人事のようにいった。

村石の妻は最初、村石のアルコール中毒を治したいといってやって来た。結婚当初から酒をよく飲んだが、翌日の仕事に差し障るようなことはなかった。それが最近は朝になっても酔いが残り、店を休んでいるとまた昼頃から飲み始める。こんな繰り返しで困っているが、抗酒剤のことを新聞で見たといって、妻は嫌がる村石をひっぱって来たのだった。

妻がそういっても、村石自身、酒を断とうという気持ちがないので、薬の話をしてみても上の空で聞いていない。妻の強引さに負けてしぶしぶ薬を飲むと承知したが、すぐ、酒に戻ってしまった。

「精神病院へ入れてくれ、嫌がったら注射をしてもいいから無理矢理にでも連れていってくれ」

妻は再び私の所へ来ていった。

本人が本気で酒をやめる気持ちで治療を受ける気にならないと入院は難しいのだというと、それなら別れるしかないという始末だった。

村石が店に出ている時はいいが、いったん飲み出すと三日位続くことは度々で、その時に喧嘩でもすると、妻は黙って実家に帰ってしまう。しかし本心から別れる気はないようですぐ戻って来た。

村石の飲酒歴というのは特に理由はなく、父親が酒飲みで中学の頃から時々父の晩酌につき合って、二十五の時、父の跡を継いで店の仕事を始めた頃にはかなりの量を飲んでも平気だったという。それでいて平素は大声も出せないような気の弱い性格だった。

アルコール中毒の人間を分類するといくつかのタイプに分かれるが、その一つに気の小さいひっこみ思案の人間というのがある。仕事は普通にやるが少々不満があっても自己主張が出来ない。酒を飲むと日頃は口に出せないような話も出来て、態度が大きくなる。

村石はどうやらこのタイプの人間のようだった。

不意にガラス窓をゆるがせるような音がした。近くで道路工事を始めたらしく、ボーリングの音が聞こえてきた。

「うるさいっ！」

村石が窓の外へ向かって大声を出した。

「くそったれっ、この暑いのにうるさい音をさせやがって！」

村石はコップの縁をなめながら、口の中でブツブツいった。

「なあ、村石さんよ、今日はこれ位でやめないか」

村石はわざと私を無視したように飲んでいる。もう飲むというのではなく胃袋に酒を流しこんでいるだけだった。

「いい加減にしたらどうだ」

私は少し強い口調でいった。酔っている時は誰だって素直になれないものだと分かっていながら、村石の強情さと部屋の中の暑さに私も少し苛立っていた。

調理場では正子が息をひそめてこっちの様子を窺っていて、その気配が伝わってくる。

こんな時はとにかくゆっくり話し合って、納得の上でいったん酒を切らすことなのだが、村石はまだ手間がかかりそうだった。どうするかと煙草に火をつけながら、私は部屋の中を見ていた。タンスの横には正子の勉強机が並び、女の子らしく犬の縫いぐるみが飾ってある。机の上の壁には額が三つばかり掛かって、よく見ると正子が書道展に入賞した賞状や、珠算の検定試験の合格証である。

「へえ、正子ちゃんは色々賞を貰っているんだな」

私は「ほう」と何度も感心していった。父親が道楽をしていても子どもが優れている例はいくつもあるが、正子もその類だと思った。

「先生、何かいったか」

村石がぼんやりといった。

「いいや、正子ちゃんは出来がいい子だと感心しているんだ。それに優しいね。あんたのことをどんなに心配しているか知れないよ。なあ、正子ちゃんのためにも今日はこれだけにしないか」

「――――」

村石がぷいと横を向いて立ち上がりかけた。

「どこへ行くんだ」

「小便だ」

立ち上がった瞬間、足許がふらついて、村石はよろめいた。

「おい大丈夫か」

「心配するな」

後ろから支えた私の手を払いのけて、村石は廊下の隅の扉の方へよろよろと歩いていった。

村石はすぐ出て来た。顔が青ざめて肩で大きな息をしている。

「おい、苦しいのか」

「大丈夫だよ」

村石はきゅっと脂の浮いた顔をしかめた。

私は村石の肩を抱いてゆっくり座らせながらいった。

「なあ、思いきって入院するか。家に居って酒を切るのは無理だ」

「入院？　精神病院だろう。そんな所は真平だ」

村石は、苦しげな顔つきで首にまいたタオルで胸元を拭いた。

「いや、精神病院といってもアルコール中毒専門の病院があるんだ」

「嫌だ。行くものか」

「しかしなあ、ここで治さなければ命だってどうなるかしれないぞ。冗談でなく、危ないといってから一年も経たないうちに死んだ奴がいるんだ」

「ああ、死んでもいい。いつ死んだっていいんだ」

そういう村石の態度のどこかに一抹の狼狽の気配が見えた。村石は強がりをいった勢いで酒を飲もうとしたが、叫んだ弾みに手にしていたコップを落とした。畳の上に酒がこぼれてじわじわと染み込んでいく。

私は側にあった新聞を広げておいて、村石の顔を睨んだ。

「おい、正子ちゃんを残して死んでもいいのか。本当にそう思っているのか」

「――――」

村石は目をそらして一升壜に手をかけようとした。

その時だった。正子が飛び出して来て村石に身体ごとぶつけるようにその背にしがみついた。

「お父さん、死んじゃあだめ、死んじゃあだめ」

村石は瞬間、宙に手を泳がせたがゆっくり膝におろしてうなだれた。

正子のしゃくり上げる声が暑気のこもった部屋に涼風のように響き、その声には精一杯の願いと愛情がこもっていて、私は胸の中が熱くなった。

じっと畳に目をおとしていた村石がほぐれた声でぽつりといった。

「病院は遠いのか」

「いや、車で三十分位だ」

「ふん」

村石は顔を上げて身体をよじり、正子の方をちらっと見た。柔かい表情だった。

その日の夕方、村石はK病院に入院した。

「その記事に出ている村石さん。先生の患者さんだったのですか」

道子の声ではっと気がついたように、私は遠くに投げていた視線を戻して、新聞を机の上に置いた。

「うん。面白い話があるんだ。薬の中味をすっかり水ととり替えて、奥さんにはちゃんと飲んでいると見せておいて、自分は内緒で酒を飲んだりしてね。すぐバレてしまったけれど——」

道子はおかしそうに笑った。

「でも、今は大したものだわ」

「そうだね。アル中患者のために一生懸命だからね。断酒の会の仕事が生き甲斐みたいで、あの道場の世話だってよくやると思うよ」

道場というのは、村石のアパートの呼び名である。

二年前、村石は町はずれに持っていた畑が高く売れたので、それを元に店の横にアパートを建てた。そこに断酒の会の独身者を住まわせて、抗酒剤を飲む指導や、夜は彼等を集めて碁を打ったり身上相談までやっている。

勿論、家賃は取るが家族同様の世話振りで、だれがいうともなく村石道場と呼ぶようになった。

　そんなことをやり始めたのは断酒の会でアパートに独りで住んでいる者が、失敗する率が高いという話が出て、村石自身も、酒をやめた当時手持ち無沙汰で困ったことがあり、何かいい方法はないかということになった。それなら同じ志を持つ者同士一緒であれば淋しさも紛れるだろうから、一軒、アパートを借りようという案が出ている時に、丁度、村石の土地が売れたのだった。

　受付の小窓を叩く音がした。

「患者さんだわ」

　道子は立ち上がった。受付で短く話していたがすぐ、カルテを持って来た。

　相沢太一、半年前に診たことになっているが、私の記憶に残っていない。

　扉を押してジャンパー姿の若い男が入って来た。診察机の前に座ると両手を膝の上に揃えて深々と頭を下げた。

　若白髪のまじった頭を見て、私はやっと思い出した。梅雨の頃、福祉事務所の職員が顔にむくみのある男を連れて来て、病院を紹介したことがあった。それが太一だった。

「退院したのかね」

「はあ」

太一の顔はまだ艶がなく白けているが、黄疸はすっかり治っていた。

私はカルテについている福祉事務所の連絡票を読んだ。

太一の郷里は北海道で小さい時に父を亡くしていた。中学を出てから知人の世話でこの町の大工の親方の所へ弟子入りしたが、仕事になじめなくてそこを飛び出したあと転々とするうちに荒んだ生活になった。ドヤ街のアパートで仕事のない時は生活保護を受けた。

「福祉の人があとからくるそうです」

太一が封書を渡した。福祉事務所の職員のあまり上手でない筆跡で太一に抗酒剤を出してほしいと記してある。

「ほうっ、酒をやめる気になったのか」

私は驚いた声をした。

「はい。先生が紹介してくれた病院で禁断症状が出たのです。すぐ精神科へ移されたのですが、そこがひどい所で――。呆けた年寄りの便の汚れたのを始末させたりするんです。おかしな連中と一緒にいたらこっちまで狂ってしまうような気がして――」

太一は病院の中の様子を話しながら、もう入院は懲り懲りだと頭を掻いた。

「しかし、酒を断つというのは大変なことだぞ」

「はい。覚悟しています」

太一の口調には必死なものが感じられるが、気負い立っている反面、頼りなげに思えてならない。どこに住むのかと訊くと、アパートが見つかるまでドヤ街の簡易旅館だという。

私は思わず眉をひそめた。一日中酒の臭いがたちこめて酔っぱらいがたむろしている所で、酒を断つことが出来たら、それは超人というしかない。福祉事務所も全く分かっていない。一言文句をいってやろうと電話に手を伸ばしかけて、村石のアパートに気がついた。

ダイアルを廻すと村石が出て、部屋は空いているという。

太一を頼みたいと話してみると、村石は簡単にいいですよといったあとで、つけ加えた。

「福祉事務所にはちゃんと話をつけて下さいよ。家賃を出さないといわれると困るので」

「さすが家主さんだね。分かったよ」

私は笑いながら電話を切った。

「君、聞いていた通りだ。私の知り合いのアパートに行かないかね」

私は太一に村石のことを説明した。

「食堂をやっているから便利だよ。抗酒剤も毎朝食堂で飲めば忘れなくて済むさ。なかなか一人で続けては飲めないものだ」

そういいながら、私は今朝薬を飲まなかったことを思い出した。胃が痛んでこの一週間前から医者通いをしてきて、薬のことはすっかり忘れていた。医者でさえこんなものだ。

「そのアパートは独り者ばかりでね、みんなアルコールを断って頑張っているものだから家主の名前をつけて村石道場と呼んでいるんだ」

太一は私の話を聞きながらうなずいていたが、道場といった時はぎくりとした表情をした。

「恐がることはないよ。しごいたりはしないから。どうだ、行ってみるか」

「はあー」

太一はちょっと決めかねた返事をして黙った。短い沈黙のあと緊張した声でいった。

「先生、絶対飲みません。お願いします」

「絶対などいうものじゃないよ。まあ、気楽に考えて当面は一週間を目標にするんだな、一週間酒がやめられたらまた一週間という風にだ。失敗したら又最初からやり直せばいい。ただし、失敗は軽いうちに止めておくのだぞ」

道子が手際よく薬を持って側に立っていた。私は瓶の蓋をとり、容器になっている蓋に薬を注いで太一の鼻先にさし出した。

「さあ、これを飲んで酒とさよならだ」

「はい」

太一は容器を持ってちょっと躊躇《ためら》ったが、決心したように目をつぶりぐっと飲んだ。飲んでしまうと急にさっぱりした顔になった。

「にがいのかと思ったら、何ともないのですね」

「何ともないのだから欠かすなよ。しかし、これを飲んでいたらそれこそ酒を絶対口にしてはならない」

「分かりました」

太一は私から薬を受け取り、両手に包むように持った。診察室から出ていく太一の後ろ姿を、私は不安と期待のまじった思いで眺めていた。


またたく間に年が明けた。正月以来暖かい日が続いているが、この日も窓一杯に陽が当たり、ストーブは要らない位で、私は椅子に寄りかかりウトウトしていた。看護婦の道子は午前中で帰り、表通りも静かだった。

そんな時、村石が電話をかけて寄越した。相変らずの早口で新年の挨拶を述べたあと、

「急なことで申し訳ないのですが」

と、いって言葉を切った。

「アパートの連中に何かあったのかい」

不吉な思いが胸をよぎり、私は急き込んで尋ねた。

例年なら年末年始にかけて必ずといっていいほど急患が出て、私は正月らしいゆったりした気分を味わったことがない。今年はどういう訳か電話もかからなかった。それだけにそろそろ何か起こるのではないかという気がしていた。

「いや、そうじゃないのです。実はうちの連中が新年会をやるっていうので、先生、ちょっと顔を出してくれませんか」

「新年会?」

私は問い返しながらホッとした気分だった。

「ええ、酒なし新年会で大したことはやれませんが――、今晩六時からです」

「そりゃいいことだね」

「じゃあ、待っていますよ」

村石は私が行くとも行かないともいわないうちにさっさと電話を切ってしまった。勿論私は出席するつもりでいた。遅くなるという電話を家にかけると、妻はしきりに車のことを心配した。私が酒を飲むと思ったようだった。

夜になった。私は診療所の前の果物屋で詰めて貰ったみかんの袋を抱えて村石を訪ねた。表の戸には臨時休業の貼紙があり、店の中は暗くひっそりしていた。一歩中に入ると奥の部屋のざわめきが聞こえた。声をかけるとしばらくして店の通路の境のカーテンをめくって村石が顔を出した。

「どうも済みません。忙しい所無理をいって」

「相沢君はどうしているかね」

私はみかんを渡しながら太一のことを訊いた。暮れに電話をした時は村石の世話でクリーニング店で働き出して、真面目にやっているということだった。

村石は部屋の方をちらっと振り向いて、私に顔を近づけると小声でいった。

「それが、この間やっちゃったのですよ」

「やっぱり――」

「正月の三日の日でしたかね。朝から一度も顔を見せないので、夕方部屋を覗いてみたんです。ところが奴さん、鼾をかいて寝ているんですよ。枕元にビールの空缶がいくつも転がって、ああ、やったなと、とにかく後の祭です」

村石は太一を叩き起こし、自分の部屋へ連れて行って飲んだ理由を訊いた。

太一が話したのはこうだった。

三日の朝、目醒めた時は昼前近くになっていた。外は春のような陽気で窓の下を見ていると晴着姿の若い娘が次々と通る。アパートはしんとしてみんな出掛けた様子だった。

太一はしばらくぼんやりしていたが、急に街へ出たくなった。

駅前の繁華街はシャッターを降ろしている店が多く、映画街だけがかなりの人出で賑わっていた。映画を観たがあまり面白くなく、パチンコをしてみたが普段の日に比べて玉が出ないのでつまらない。街をぶらぶら歩いていると、太一だけが浮かない顔をしているようで、まわりの華やいだ正月気分とは逆に気持ちが滅入る一方だった。

村石の所で喋っている方がましだと思い、アパートの前まで帰った時、食料品店の横に並んだビールの自動販売機が目についた。

太一は思わずふらふらっと販売機の前に立ってボタンを押した。

村石にそこまで話して、あとはいいわけがましいことはいわず、ただ「済みません」を繰り返すばかりであった。

自動販売機というのはどうも始末が悪い。街中に溢れているのだから、太一に限らず酒をやめようとしている者には凶器と同じですよ、と村石はいった。

「まあ、一日で止まったからよかったですよ。アパートの連中からはこっぴどくやられたみたいですが――」

村石の口ぶりでは太一に対して腹を立てている様子はない。

「色々、手数をかけるね」

私は詫びをこめて礼をいった。

「さあこちらです」

村石の後から座敷に上がると、テーブルを囲んでいた顔が一斉に私を見て口々に挨拶をした。

テーブルの上には寿司やサンドイッチを盛った大皿が据えられ、菓子鉢やジュースがいっぱいに並んで、まるで子どものパーティーのような光景である。

四年前に来た時の部屋の模様はすっかり変わり、襖や畳は新しくとり替えて正子の勉強机はなくなっていた。

「皆さん、お待たせしました」

リーダー格の坪井に乞われて私が乾杯の音頭をとることになった。

「村石道場の諸君、並びに村石さん御一家の健康を祝って乾杯」

「乾杯」

明るい蛍光灯の燈にジュースの入ったグラスが一際美しく光って、部屋の中に暖かいものが満ちてくる感じである。

「それでは順番に今年の決意を話して下さい」

坪井が斜め向かいの安川を指した。

安川は最初に指されて困ったような顔をしたが、膝を揃えて座りなおした。その神妙な顔つきを見ながら、彼も随分落ち着いてきたものだと思った。

彼との付き合いは長く、二年前に病院を退院した時からだが、酒を断つと約束しても続かなくて警察のやっかいになったことも度々である。飲みに入った店の主人から無銭飲食で突き出されたり、無賃乗車でタクシーを交番の前に停められて、その度に私は警察から呼び出しを受けた。酔いが醒めてから訊いてみると本人は何も覚えていないという。面倒をみるのも限界だから遠くへ行ってくれと冗談まじりにいっていた矢先、どんな拍子か同じ会社の女性と交際するようになって、本気で酒をやめる気持ちになったのか、アパートを引き払って村石の所へ移った。

「野上先生から散々いわれたのです。一日だけ酒を我慢しろ。一日位我慢できないことはないだろう。それを毎日続ければいつかは一年になる。これを実行してやっと半年が過ぎました。村石さんのようになるまでにはまだまだですが、頑張ります」

安川は私の方を向いてペコリと頭を下げた。

「彼女のためにもガンバレよ」

安川の隣に座ってただ一人きちんとネクタイを結んでいる鮫島が手を叩いて囃した。

次はその鮫島の番だった。床屋に行って来たらしく、髪をきれいになでつけた頭に手をやって少し首をかしげ気取った咳払いをした。みんながドッと笑った。

「困るなあ。決意だなんて。家内に逃げられたこんなつまらん男は皆の前で喋る資格はないのだが。でも一生懸命努力しているんだよ。坊主に会いたい一心でね」

鮫島はジュースを一口飲んで、ちょっと口調を変えた。

「実は家内が帰って来てもいいといっているらしいのです。村石の親父さんにわしが酒をやめていると聞いてその気になったようです。これも皆さんのお蔭です」

大きな拍手が響いて笑い声が部屋一杯にはじけた。座がくつろいできたのか次々とテーブルの上に手が伸びて寿司が目に見えて減っていく。

太一が丁度私の横の席に座り、身を硬くして黙々と菓子をつまんでいた。

「仕事が見付かったそうだな」

私はさりげなく声をかけた。

「はあ」

「来年の正月は北海道に帰るつもりにして頑張れよ」

私は太一と自分のグラスにジュースを注いだ。太一はポケットをさぐっていたが、

「あの、これ見て下さい」

と、そっと葉書を私の膝の上にのせた。

お前がよくはたらいていることを村石さんがおしえてくれた。とにかくまじめにはたらきな。だれかしら見ているから。さよなら。

拙い鉛筆の文字は太一の母のもので、私は二度繰り返して読んだ。読んだあと目頭がじーんとして、太一にしみじみといった。

「いいお袋さんだな。もう心配かけるなよ」

「はい」

太一は初めてにっこりした。笑うと目尻が下がり少年のようなあどけない顔になる。

私は葉書を戻しながら、太一の素直な微笑に少し安心した。ぐるりと席を見廻すと、話が中断したのかみんな夢中で食べている。

不思議なもので大方の者が酒をやめた途端、それまで見向きもしなかった甘い物を好んで食べるようになる。

司会役の坪井もケーキを頬ばっていた。村石は入口に近い席でゆっくり煙草をふかしていた。穏やかな顔は肉がついて身体が一回り太ったようだ。独りで満足そうな笑いを浮かべている村石を見やりながら、私はいつか製薬会社の男が酒のない生活は全くつまらないといったことを思い出して、あれは飲む側の感想で村石にいわせれば逆のことをいうだろうと考えた。

鮫島が再び賑かに喋り出した。家族への愛をたった一つの頼りにして立ち直ろうというひたむきな気持ちが分かるので、ひょうきんな顔や仕草に私は素直に笑えなかった。

部屋の中は汗ばむほど暑くなった。私は手洗いに行くような振りをしてそっと席を立ち、調理場に下りた。喉が乾いてたまらない。

流し台の前で背に長い髪をたらした少女がりんごの皮をむいていた。私の足音で振り向くと、はにかむような微笑を口許に浮かべた。

一重まぶたの涼しげな目許は四年前と少しも変っていない。私は懐かしい人に出会ったように、じっと正子を見た。

「何でしょうか」

正子は私の方へ向き直っていった。

正子に会うのはあの時以来である。

村石の背にしがみついて泣いていた顔が重なって、私はしばらく声が出なかった。

「何か顔についていますか」

正子が無邪気に笑った。

「ごめんごめん。君があまりきれいになっているのでびっくりしたんだよ。水が飲みたくてね。コップを貸してくれないか」

正子はぱっと両手で顔を覆ったが、すぐ後ろの棚からコップをとって私に渡した。

「お母さんは？」

私は水を飲みながら村石の妻の姿が見えないことをいぶかった。

「婦人会の新年会なのです」

「そう。君にばかり手伝わせて悪いね」

「いいえ、慣れていますから」

正子は再び器用にりんごをむき始めた。

「そうか。断酒の会の集まりはここでやっているのだったね。しかし、君もお母さんも大変だろう」

村石は断酒の会の会報を作ったり、会員の悩みの相談を受ける仕事で忙しく、最近は村石に代わって妻が店を切り盛りしていた。

「でも、お父さんがお酒を飲んでいる時のことを思えば、今度の道楽の方がよほど苦労の仕甲斐があるって、母がいっています」

正子はりんごを塩水から上げて皿に盛りながら、からっとした調子でいった。

「道楽――」

私はあっけにとられた顔でつぶやいた。

奥の部屋で手拍子が鳴り始め、村石の歌う炭坑節が聞こえて来た。その声が次第に高くなり、手拍子に合わせて誰か踊り出したらしく陽気な笑いが沸き立っていた。

真金吹く吉備

（一）「まがね」命名

長い間、医療と福祉に係わる仕事をしてきた。現役を退いてかなりの歳月が経ったのでその仕事に関する資料、専門書等々、全て処分しようと、五、六冊ずつひもで束ね、部屋の隅に積み重ねた。

片付けながら、昔、福祉学会で報告した論文を見つけて読み返したりしていると、結構時間がかかった。

梅雨に入り、外は雨だった。昼過ぎから始めた大片付けが終わり、本棚の最上段に残った本を眺めながら、これは、絶対手放せないと、つぶやいた。

並んだ本は、「まがね」創刊号から第五十四号までの54冊。そして、自費出版した短編集、童話、これまで文学賞の類に入選した作品が収められた本、折々に随想を載せた文芸誌等、数えてみるとかなりの数だ。

中でも、「まがね」の54冊は圧巻である。第二十一号までの背表紙は、すでにセピア色に変色している。

「まがね」の母体である日本民主主義文学会岡山支部が再建されたのは、一九七六年五月、この支部再建に至る経過、再建総会については、「まがね」第三十号に、三宅陽介氏が『回顧　まがね三十号まで（一）』と題して詳しく紹介している。

七十六年に岡山支部が発足し、支部誌「まがね」創刊号が、七七年三月に出た。三宅陽介氏の回顧によると、誌名は、「真金吹く吉備」からとって、「まがね」に決まったという。

真金吹く吉備の中山帯にせる
細谷川の音のさやけさ
（古今和歌集　よみびと知らず）

真金は、吉備の中山の枕詞、吉備の中山は、岡山の元を示す。文化的、歴史的だが、気取ったところのない絶妙のネーミングということで命名されたとのこと。

創刊号の内容は、創作四篇、短歌二名で三十四首、俳句六句、詩三人の四篇、随想一、論文一、特別寄稿二篇。

創刊号で特徴的なこととして、三宅陽介氏は、次のように記している。

「創刊号には、文団連の会合で述べられた二つの講演記録、石津良介の「写真文化とファシズム」、萩原嗣郎の「現在のジャーナリズムの姿勢と問題点」を掲載している。

この二つの講演は日本の現状を鋭く剔抉する論点が確かなもので、講演記録を載せた雑誌「まがね」が、文芸というジャンルを超えて地域の総合雑誌としての役割を果たそうとしていることを示している。

七七年四月五日付「赤旗」の創刊サークル誌紹介欄で、二つの講演記録を載せていることについて、「ユニークで、この会の開かれた性格を示して心強い」と高く評価している「まがね」は、華々しい出発をしたのだった。

「まがね」五十四号までの中で、創刊号はピカ一と思う。

ちなみに、創刊号に作品を発表した書き手は、十四名で、三十六年経った現在、継続して登場しているのは、三宅陽介、妹尾倫良、井上京子の三名だけである。

(二) まがねとの出会い

「まがね」のバックナンバーを眺めていると、「まがね」に出会った日のことがよみがえった。

横浜から岡山に移り住み、四ヶ月ほど経ったある日、購読している新聞の地方版で、「まがね」創刊号の合評会の案内を見た。

主催、日本民主主義文学会岡山支部とある。それを目にした時、懐かしい人に再会したような嬉しさを覚えた。

横浜で暮らしていた時、わたしは、日本民主主義文学同盟が催している文学ゼミナール研究科を受講し、作品を書く手ほどきを受けた。講師陣は、右遠俊郎、稲沢潤子、窪田精、錚錚たる顔ぶれだった。

同期に工藤勢津子、重兼芳子（後に芥川賞作家）がいた。

折角、文学の世界を知りながら、横浜を離れたため作品を書きあぐねていたその時、新聞記事二行で、「まがね」に出会った。その日、創刊号の合評会の会場は、岡山市春日町の勤労者福祉センター二階の小会議室。

創刊号の発行が、七七年三月中旬とあるから、合評会は三月末か、四月の初めだったと思う。

当日、会場で貰ったばかりの創刊号の作品について、感想や批評を述べることはできず、ただ、出席者の話を聞いていた。

出席していた人について、はっきり覚えているのは三宅陽介、浜野博の二人だけ。三宅さんは端正な顔立ちの紳士、浜野さんは車椅子に乗っていた。女性が二、三人いたが、妹尾倫良さん、井上京子さんだろう。

なお、三宅陽介さんは、創刊号から第五号まで本名の高田雅之で書いている。

創刊号合評会の日、わたしは、岡山支部のメンバーになった。

そして、「まがね」第二号に、長瀬佳代子の筆名で「裏切り」を発表し、第五十四号まで何とか書き続けている。

(三) 思い出に残る人

書棚の片付けをした翌日は、雨が上がり、朝から薄日が差していたが、畑は土がぬかるみ、気になっている草取りは無理だった。

部屋の隅に積み重ねていた本の束を縁側に運び出し、書棚に残っている「まがね」の54冊を座敷に広げた。長い月日のうちに被った埃を払おうと思った。

「まがね」の表紙は真白で題字と、著者名はカラー刷りである。濃いブルー、深緑、明るいオレンジ色、発行の時期に合わせているが、全体的に落ち着いた色合で「まがね」に品格があるといわれるのは、この色合と題字の美しさに因るのだと思う。

題字は、川上三夫氏。カットの版画を描いている川上寿子氏の夫君だと、三宅陽介氏の回顧文で知った。川上氏は詩人で「まがね」第九号に詩一篇載せている。

「まがね」を魅力ある雑誌に作ったのは、基本組みのレイアウトと装丁を担当した三宅陽介氏である。文芸誌サークル誌の表紙コンクールがあれば、「まがね」は最優秀に入るだろう。

表紙に並んだ書き手を追っていくと、その数の多さに驚いてしまう。

十年も前だが、書き手の数を調べたことがある。第三十九号まで、創作、随想、詩、短歌、他、色々なジャンルに延六百四名が作品を書いている。五十四号までを数えれば、どの位の人数だろう。

その中には、すでに鬼籍に入った人もいる。その中で今でも忘れられない人が何人かいるが、次の人たちの顔ははっきり目に思い浮かべることができる。

東田一雄（隅田晴彦）

国家公務員で、岡山支部の初代事務局長。ボソボソとしたものいいが特徴で、大のアルコール好き。妹尾宅で事務局会議をした時、彼は、妹尾さんの夫が愛飲しているウイスキー瓶を勝手に持ってきて、会議中もチビチビ飲んでいた。人とワイワイ騒ぐタイプではない。

わたしは、部屋に並べた「まがね」創刊号を久し振りに手に取り、頁を開いた。

巻頭は、創作「男たち」隅田晴彦。どんな内容だったか記憶になく、改めて斜め読みした。

「男たち」国家公務員労働組合の活動家の表と裏の顔を描いていて、登場人物に固有名詞がなく、タイトル通りの男たちである。

骨太の作品だと思った。

東田さんの作品を追ってみると、創作の他に生活記録を書いている。二人の幼い息子の日常、成長振りを描いていて、彼の本来の優しい顔をのぞかせた。

岡山支部再建のために奔走した三人組（三宅陽介、浜野博、東田一雄）の中で、「まがね」の隆盛期を見ることなく、東田さんは先に旅立った。

今から何年か前、東田さんの長男和彦君がまがね文学会に入会した。「まがね」誌上で見ていた幼い和彦君がどんな成人になっているか、会えるのを楽しみにしていた。しかし、彼は例会に一度も顔を出さず、会から去った。残念に思う。

千石ゆきえ

千石さんは、色白の美人だった。銀行のＯＬ時代、車の事故に遭い車椅子の生活になった。右手が不自由で、歩行も無理。例会には、毎回、母上が車椅子を押して母娘で出席した。

彼女が初めて「まがね」に発表した作品名を、わたしは宙でもいえるほどはっきり覚えている。

「Ｄｒ蓮池の往診」題名は記憶していても、内容は定かでなく、東田さんの「男たち」を読んだついでに、千石さんの作品を読み直した。

彼女の実体験に基づく話と思えるが、千石さんの友人に紹介された往診医・蓮池医師の人物像がとても面白い。細かい描写、作者の抑えた感情、無駄のない文章に感心した。

「まがね」を発行順に見ていくと、千石さんは、第十四号まで創作四篇、随想三篇を発表している。

千石さんの訃報を知ったのは、告別式が終わった後だった。

彼女の年齢を聞いたことはないが、佳人薄命の人だったと思っている。

末森一成（滝　郁弥）

忘れられないのは、白髪の穏やかな風貌。身体に障がいのある浜野博さんを車椅子に乗せて、末森さんは、例会毎に、浜野さんの送迎をしていた。寡黙で誠実な人だった。

創作、随想、短歌など広い分野に作品を書いている。

末森さんが他界した時、追悼特集の編集に加わり、わたしも追悼文を書いた。

自分の短い文章だけ取り出して、読んでみた。

――創作十一篇、随想一篇、短歌一一〇首を書いて、詩を愛し、童話の世界を懐かしみ、強く権力に抵抗して平和を愛した人――。

わたしは、短歌については疎いが、末森さんの句はその情景が目に浮かぶようで、「まがね」に発表した一一〇首は、末森さんそのものである。

二〇〇〇年二月、肺がんにより逝去。享年七十一歳。

(四) 特集号

まるで、百人一首のカルタを並べたように部屋いっぱいに広げた「まがね」の中に、末森さんの追悼集の他に、特集号があった。

第十五号　追悼　坪井宗康
第三十二号　乾一雄を偲ぶ
第三十六号　末森一成を偲ぶ
第十二号　掌編小説特集
第十八号　随想特集
第二十号　20号記念創作特集

第二十九号　戦後五十年の年に思うこと
第四十六号　創刊30周年特集
　　　　特別寄稿　右遠俊郎
　　　創刊号〜45号創作総目次
第三十号　回顧　まがね30号まで
　　　　三宅陽介

特集を組むというのは、雑誌に重厚さを与え、内容も変化があって面白い。しかし、追悼集は辛い。

表紙のみに目を走らせていたが、ふと、頁数に気がついた。

四十六号から急に厚くなり、四十六号１６０頁、四十七号１６３頁、そして、五十号は１９２頁、創作は、これまで最高の13名の書き手である。

第五十号を創作特集と銘打てばよかったと、編集委員の一人として、今になって後悔する。

次の特集は、岡山支部再建40周年、そのあと、創刊60周年になるだろうか。

(五)「まがね」コーナー

六月の終わりに、父の25回忌法要を営み、ホッとしていると、すぐ、七月に入った。

父の法要の最中、わたしは、あるとき、三宅陽介氏にいわれたことを思い出していた。

父は、若い頃、倉敷紡績で働いていて、一時期、倉敷労働科学研究所にもいた。

その話を、三宅氏にしたことがある。

「お父さんが研究所にいた頃のことを詳しく聞いていれば、作品が書けたのに残念ですね」

三宅氏がいわれるとおり、父の話を色々聞いて、倉敷研究所関係のことを調べたとしても、わたしは、その時代に生きた父のことは書けないと思う。

父に限らず、わたしの作品の主人公も脇役も人物像が希薄で、最初に作品を書いた時から、デッサン画と同じと、評され続けている。油絵でなくても、「まがね」の表紙の深緑のような色濃い作品を残せるかどうか、わたしの中でその思いはぐるぐる巡る。

梅雨あけが報じられた日、書棚のある離れの部屋に入り、サッシ戸を開けた。

日差しは強いが、風が通って涼しい。

「まがね」54冊、その他の自著を元に戻したあと、別の場所に置いていた本を、「まがね」の下段に並べた。

三宅陽介、実盛和子、妹尾倫良、中元輝夫、立石憲利、乾一雄の作品。彼等は全て、まがね文学会の会員である。

坪井宗康詩集は、あちこち探したが見つからなかった。

それらの書籍は長編小説、短編集、詩集、歌集、民話、戯曲集、各氏から贈呈を受けたものだが、すごい本の数々。中元輝夫著「海に墓標を」は、二〇一二年日本自費出版文学賞を受賞している。

受賞に関して他にも「民主文学」同人誌サークル誌推薦作として、「まがね」から多くの作品が入選している。最近では、笹本敦史が、「民主文学」新人賞を受けた。

それらの作品を掲載した「民主文学」を加えれば、正に、この書棚は、「まがね」コーナーである。（残念ながら、雑誌「民主文学」は手元にない）

「民主文学」サークル誌評にも、「まがね」は何回もとりあげられた。せめて、その頁だけでもコピーしておけばよかったと悔やまれる。

ここに記したもの以外に、「まがね」関係の出版物、資料はまだまだあるだろう。

三宅陽介氏の回顧をじっくり聞きたい。

わたしの「まがね」コーナーに、あと数冊を並べた。右遠俊郎、小野東、永瀬清子、藤原審爾、内田百閒、いずれも岡山になじみ深い作家である。

（六） 小さな旅

翌日、まがね文学会ニュースが届いた。

ニュースは事務局が担当で、初代は、東田、そして、妹尾、長瀬、金藤（鬼藤）に続いて昨年から坂本（笹本）が発行している。

わたしの頃はワープロ操作が巧くいかず、例会の案内だけだったが、今は内容が豊富で、例会に出席しなくても会の様子がよく分かる。ニュースが届く度に、いい人材が担当になったと嬉しく思う。

ニュースの記事の中に、十月五日～六日、岡山市で開く中国地区文学研究集会の参加申し込みが七月末日迄とあった。

わたしは、その二日間、他の予定が入っていて参加できない。

中国地区文学研究集会は、中国五県にある民主主義文学会の県支部が当番になり、毎年、支部のある地で開催している。

これまで、研究集会には度々参加したが、研修会というより小さな旅だった。

夜の懇親会で酒を飲み、激論を交わしていた鳥取、呉の支部長は忘れられないが、二人は亡き人になった。

集会に参加したついでというのも変だが、その都度観光気分で会場近くの地を訪ねた。

山口の時は、会場が錦帯橋のすぐ近くで、会の終了後、錦帯橋を渡り、広い河原から美しい橋の姿を眺めた。

広島では、平和公園を訪れた。まがね文学会の仲間と、公園内の碑を巡りながら、原爆について語り合ったことを思い出す。

鳥取での集会の時、朝早く宿を出て、近くの海岸を散歩した。砂浜に立ち、遥か彼方の朝鮮半島にいる拉致被害者の人たちのことを思った。実盛和子さんが一緒で、彼女は短歌を詠んでいた。

倉敷市玉島の良寛荘で開催された集会は、岡山支部の担当だった。寺の境内を散策した楽しさは残っている。円通寺は美しい寺である。

三宅陽介氏の回顧によると、第一回中国地区研究集会は、倉敷市向山、八光荘で開催された。岡山支部発足直後、一九七六年八月だった。

それから、37年経った。

わたしが、まがね文学会に入って36年。長いようで短い旅が続いている。

旅の途中で見たり聞いたこと、出会った人や、その時の景色を素材にして、作品を書いてきた。

スケッチといわれながら、書き続けることができたのは、「まがね」の存在が大きい。

真金を、枕詞と紹介したが、辞書には、すき、くわ、なべなどを作るのに有用な鉄とある。

この強い真金《まがね》によって、わたしは支えられてきた。しかし今年になって、体力、気力がかなり低下した。研究集会に欠席の返事を書きながら、来年の集会の地、広島に旅するのは難しいだろうと思った。

ハガキの隅に、岡山集会の成功を祈ります。と小さく添え書きをした。

来年の春

食事会の案内が届いた時、祥子はこれが納めの会になるような気がして、出席を決めた。

親しい友人のグループで、年に一、二回、県内あちこち食べ歩きをしているが、今回は美観地区のはずれの小さなレストランで、祥子たちの席は、店の奥の窓際に格子戸のような衝立で仕切られ、隣の人に気兼ねなく話ができると、みんな喜んだ。

食事が終わり、コーヒーは店を替えて飲むことになった。世話人の世津子がきいた。

「だれか、いい店を知っている？」

外はまだ残暑が続いており、五人全員七十代で足の悪い人もいて、歩きたくない顔をしている。

「ヤッさんの店にしようか」

「安永さんの所ね。近くていいわ」

きかれた祥子は、うなずいた。

その店はジャズ喫茶で、安永は店のオーナーである。安永と祥子は同じ文学サークルに属し、同人誌に小説を書いている。

世津子は同人誌の読者で、安永とは同じ市内に住み、古い知り合いらしく、彼を「ヤッさん」と呼んでいる。

美観地区の裏通りの軒の低い町並みを歩いていくと、小さな看板が見えた。入口のドアを押すと、それほど広くないスペースにグランドピアノが据えられ、そこでジャズのライブが毎夕行われているそうだ。

ピアノの奥に横長の大きなテーブルがあった。祥子たちは、テーブルと同じ木地の背の高い椅子に座った。

安永の奥さんが水を運んできた。祥子は短い挨拶を交わした。

以前、何度かこの店の一室で同人誌の編集会議を開いたことがある。奥さんは懐かしそうに微笑を浮かべ、「お元気そうね」といった。

「安永さん、いらっしゃいますか」

「ええ、奥にいますが――」

祥子は、帰る前に会ってみたいと思った。

コーヒーを待つ間、隣の部屋で編集会議や、校正をした時の様子を思い出した。もう何年も会っていない三村が中心になって、校正のやり方等を教えて貰った。凸凹の印を知ったのもこの時である。

その部屋は小さな会議に使える位の広さで、長机や椅子も揃い、原稿用紙を広げるのにもってこいの場所だった。

作業が終わると、みんなでコーヒーを飲んだ。

あの時と同じコーヒーの芳ばしい香りがしてきた。

「ああ、いい匂い」

祥子の声は他の連中には聞こえない。

食事の時の話題が続いている。老々介護や自身の病気のことなど、各々問題を抱えており、話は尽きない。家族のいない独り暮らしの祥子は話すことはなく、みんなの話を聞きながら、彼女たちが意外に明るいのを不思議に思った。国の福祉政策を批判する時は、祥子も口を挟んだ。

水のお代わりを頼もうとした時、「やあ、いらっしゃい」と、安永の声がした。

「今日は何事?」

けげんそうな顔で、並んで座る世津子と祥子に問いかけた。

「おじゃましています。今日は青葉の会なの。昔の仕事仲間」

祥子より先に、世津子が答えた。

祥子たちは職場は別々だが、仕事はみな同じ福祉の専門職で、退職後、集りを持つようになり、グループに名をつけた。

「もう青葉でなくて落葉ですけれど――」

祥子が笑いながら補足する。

「これから会合があって出掛けなければならなくてね。ゆっくりしていって下さい」

安永は急いでいるらしく、それだけいうと出ていった。

安永は腰を痛めて駅の階段の上り下りが難しいとの理由で、合評会を休んでいると聞いたが、足取りはしっかりしていて元気そうだ。

五年振りに会った顔は、以前と少しも変わっていない。ふと、祥子は、安永と計画していた話を思い出した。

それは、安永たち親しいもの書き仲間と飲み会をしようという話である。

話が出てから立ち消えのまま、五年が経つ。

安永は忘れてしまったのかもしれない。

「あのー、そろそろ失礼していいかしら。主人が迎えに来ているので」

テーブルの端に座っているT子が腰を浮かせた。

それを機に散会になった。

コーヒー代を集めて支払いを済ませた世津子に、祥子は同人誌を手渡した。

毎号発行の度に郵送しているが、今回は今日の会に間に合った。

「いつも『うら』をありがとう。あなたやヤッさんの書いたものを読むのが楽しみなの。応援しています」

『うら』は、文学サークル「うらの会」の同人誌の名前で、小説の他に詩や短歌、ずい想などジャンルが広く、手軽に読める雑誌だが、読者の数は少い。世津子はありがたい読者の一人である。

世津子は、別れ際にもう一度礼をいった。

「今日は遠い所、出て来てくれて本当にありがとう。家からどの位かかるの」

「電車と車で二時間半位」

以前、この町迄、車で来た時は三時間以上かかった。車の運転がきつくなって、今日は途中で電車に乗り換えたので少し短縮した。

「気をつけて帰ってね。この次は、海の見える場所を考えているの。足の便は何とかするわ。来年の春を楽しみに、又、会いましょう。お元気でね」

世津子は張りのある声で、軽く手を振った。

駅に向かいながら、祥子は自分の足取りが衰えているのを強く感じた。今日の仲間の中にも歩くのが辛いという人がいたが、祥子も足だけでなく腰が痛い。山里にひきこもりの生活で、海を眺めたのは何年も前だ。海の見える所と聞いて祥子は胸がはずんだが、それは一瞬だった。

来年の春のことは分からないと、祥子はつぶやいた。

安永が予約していた居酒屋は、安永の店から歩いて数分の所で、昼間は観光客で賑わう通りに人はなく、案内がなければ分かりにくい。間口は一間ほどだが、中に入ると通路を挟んで長いカウンターと小部屋が並び、一番奥の部屋に通された。

掘りごたつ式のテーブルには前菜の小皿とコップや大きめの盃が用意してあった。

「今日はお世話になります。色々無理をいって済みません」

改めて、祥子は挨拶した。

「いや、こちらこそ先日は話もできなくて申し訳なかった。思いがけなくあなたと酒を飲めることになり、嬉しいですよ」

「わたしも、すっかり諦めていたので、今日が楽しみでした」

祥子は、話がトントン拍子に進んだことに驚いている。

青葉の会のあと、しばらくして、祥子の従妹が美観地区に近い病院に入院し、見舞いにいく用ができた。安永の店の前を通るので、寄るつもりで都合を訊ねた際、つい飲み会の話を出した。

安永は、忘れていた訳ではない、是非やろうと、早速、仲間に連絡し、日時や、場所の段取りをしてくれた。誘った相手は祥子も知っている人だった。ところが、前日に相手の二人とも都合が悪くなり、飲み会は、安永と祥子二人になった。

ビールで乾杯し、料理がくると、安永は、酒かビールかと祥子にきいて、祥子は熱燗を頼んだ。

「ゆっくりやりましょう」

「三村さんや愛子さんと飲んで以来十年振りですね」

ある時、編集会議のあと、一寸、飲みにいこうと、編集長の三村がいい出し、用事があるという一人が抜けて、結局、三村、安永、愛子、祥子の四人で駅前の店で飲んだ。

その時の場所は、この店に似ていたが、一品料理の店で部屋に仕切りがなく騒々しく、それに比べてここは静かだ。

「三村さんを誘いたかったけれど、もう無理ですね」

三村と愛子は高齢者施設に入っている。

「三村さんとはよく飲みましたよ」

安永の店と三村の自宅が近かったことから、二人は度々誘いあって飲んでいたそうだ。

「三村さんはお酒が入ると熱弁になり、とても楽しい話をされてすてきな方ですよね」

祥子は、長身で彫りの深い端正な風貌の三村を思い浮かべた。

三村は、地方紙の新聞記者時代に培った広範な知識を持ち、味わいのある小説を書いた。小説も面白いが、記者時代の取材した時の話などは何度聞いても飽きない。

ある作家の娘が女優で、もう若くはないが、テレビに映ると、三村がその作家に原稿を頼みに東京まで行ったという話を今でも思い出す。

「三村さんは、僕の師匠です」

安永が、祥子の盃に酒を注いだ。

それから話題が三村のことに移った。祥子にとっても、三村は、崇拝の的だった。

「三村さんには色々と教えて貰いましたよ。特に『うら』の合評会に出る日の電車の中は僕にとって文学教室でね」

「文学教室？」

「合評会では、三村さんは個別の批評はあまりされなかったけれど、僕と二人の時は厳しかった」

「どんな風にですか。具体的に」

「具体的といっても全部ではないけれど――」

安永は、一言一言思い起こすように話す。

「作品がパターン化しているようだ。劇画になっていないか。主人公の行動と考えが分離している。人間をじっくり見るようにしたらいい。数えきれないほどの指導を受けましたよ」

次々と料理が運ばれてきた。

手酌にしようと、銚子を一本ずつ料理の横に並べ、祥子は飲みながら箸を動かす。

安永は、車中が文学教室といったが、『うらの会』の合評会も文学教室にあてはまると思った。弟子と師匠の関係は、受講生と講師になる。

三村は『うらの会』の代表をつとめ、編集責任者で、作品も書く。そして講師でもあった。

合評会で、三村は細かいことはつつかず、どの作品でも長所を見つけてくれた。それは褒めるというのでなく、指導のような気がする。ある時、祥子の作品について、某作家の書いたものに似ている。その作品を読んで参考にしてみたらいいなどといった。

厳しさを感じたことはない。

安永が三村から数えきれないほどの指導を受けたというように、祥子も含めて会のメンバーもみんなそう思っているだろう。

安永の話は続く。静かな物言いだ。

「三村さんは厳しかったけれど、書く気にはさせてくれましたよ。ヤッさん、何を書いてもいいんだよ。大事なことは何をどう描くかというところをしっかり作者自身がおさえておくこと。こんな風にいって、次の作品を見せると、このテーマはいい、頑張ってごらんと、励ますのです。本当に師匠に育てて貰いました」

安永は、しみじみとした口調で、再び、三村を師匠と呼んだ。

安永は、『うら』に長編の作品を何篇も書いて県の文学賞を受賞している。三村の指導より、安永に力量があるのだと、祥子は思う。

三村に書く気にさせて貰ったのは、安永だけでなく、祥子も同じだ。

合評会で座る場所はいつの間にか決まって、三村がその席にいると、緊張感が漂い、一方でおおらかな雰囲気になるのが不思議であった。

メンバーからいくら酷評されても、最後に三村が救ってくれて、又、次号に頑張って書こうという気になる。そして、賞も貰った。

三村や安永が例会に顔を見せなくなり、祥子も車の運転が不安で休みがちだが、『うら』には毎号短い作品を書いてきた。

筆が止まらなかったのは、書いた作品は自分が生きた証であり、書くことが祥子を支えている何本もの柱の一本で、だから書き続けることができた。

刷り上がった本を友人たちに発送したり手渡したあと、次の締め切りに間に合うよう作品の構想を練り、準備にとりかかるのが常だった。

テーマが見つからない時は身辺雑記を書いたり、身近に見る人のエピソードを拾い、とにかく『うら』に休まず発表することを目標にしていた。

それが、今回は書けなくなった。

次号の締め切りが迫っているのに、答案用紙を前にして紙面も頭の中も真っ白という状態だ。

書けなくなった原因が自分でもよく分からない。足の筋肉の衰えの他、身体に故障はない。年のせいかと考えてみるが、愛子は八十歳を過ぎても生き生きした作品を書いていたと思い出し、なぜ、自分は書けないのかと頭を抱える。

今、こうして楽しく酒を飲んでいるが、頭の隅には『うら』への道を遮断している得体のしれないものがこびりついて離れない。

三村に問えば、何というだろう。

安永の携帯が鳴って部屋を出ている間、祥子はそんなことを考えていた。

部屋に戻った安永が、ぼんやりした祥子を見ていった。

「気分が悪いのですか」

「いいえ、おいしく頂いています」

「もう少し飲みましょうか」

安永が銚子を持ち上げ、祥子の盃に注ごうとした時、

「書けなくて困っているんです」

思わず祥子の口をついて出た。

安永に三村の顔が重ったような気がした。

少し間を置いて、安永がゆっくり口を開いた。

「大分前のことですが、僕も何を書けばいいのか悩んだ時があります。三村さんは病気で会えない。丁度、O氏から電話を貰い、O氏に尋ねたのです。O氏の答は、書けない時こそ書かなきゃいけん。書くことで脱出できる。この一言でした。頭ではそうだと理解しても実際は難しいですね」

「難しいですね」

祥子は顔を上げて、安永と軽く笑いあった。

O氏は隣県の地方都市で『うら』と同じような同人誌を発行していて、三村と同世代の男だが、彼は二年前に他界したそうだ。

O氏の名が出たことから、近隣の文学サークルが集って研修会をしていた頃の昔話に移った。ある年、研修会のあとの懇親会で、安永の作品を巡って、O氏と安永が激論を交したことなど、他にもいくつも記憶に残る思い出話をしているうちに、料理の最後に果物が出た。

安永が、祥子の明日の予定をきいた。

美観地区の美術館で絵を観て帰ると答え、多分見納めになるだろうというのは黙っていた。

宿は安永が手配してくれた。

昔の紡績工場跡地に残った建物の一部がホテルになっていて観光客も多いというホテルだ。

祥子の父が若い頃、その工場で働いたことがある。女工さんの職場環境に関心を持ち、それがきっかけになり、労働科学研究所に移ったことなど、父から聞いたことがある。いつだったか、三村に父のことを話した折、「それは作品になりますね。貴重な話ですよ」といわれた。すでに父は故人で、当時の工場の資料を集める気力はなかった。

しかし、父の思い出があるホテルに、一度泊まりたいと思っていた。

その願いがやっと叶う。

店を出た先の角で、祥子は安永と別れた。

祥子はいい気分だった。安永と語り合えてよかった。酔った身体に冷気が心地よい。

黒い立木の向こうに、ホテルの明りが見えてきた。

飲み会で世話になった礼状を出したあと、安永から便りがあった。

それには、『うらの会』例会の様子を知らせていた。

――いつもの会場でなく、今回は安永の店で行われ、参加者は六名。みんなとても熱心に活発な発言をするのを聞いて、以前と空気が変わったと感じた。実に明るく、その中から新鮮な意見が飛び出してくる。みんなS君を信頼し結集しているのがよく分かった。『うらの会』のこれからに自信と安心を覚えた――

太いペン字の文面から、新しい文学教室の雰囲気が伝わってくる。

そして、三村たちが創刊した『うら』の目標である「創造と新しい書き手を拡げる」活動が、世代が代わっても受け継がれているのを知った。

安永の便りを読んで、祥子は嬉しかった。

先日、安永と会った時、三村の話が話題になり、最後は、祥子が弱音を吐く始末だった。『うらの会』について話をしたかったが、時間切れになり、話は残された。

発足して四十年近くになる『うらの会』に、新しい活力が生まれていることが分かり、安永との話の残りは、それで十分だ。何も危惧することはない。安永と同じように安心した。

嬉しく思う気持ちと同時に淋しさを感じた。

三村や安永たちと過ごした学び舎がだんだん遠くなる。

『うら』の目次から祥子の名前も消えていく。

安永の手紙の末尾に、次の飲み会にはS君たちにも加わって貰いたいと思っている。来春、再度、当地に足を運んでほしいと、一行添えてあった。

祥子は便箋を封筒に戻しながら、青葉の会に出た帰りと同じようにつぶやいた。

来年の春のことは分からない。

夾竹桃の咲く街で

政木章子が勤める保健所は、大通りに面した市役所の並びにあった。

その日は、午後から保健所の会議室で家族会がある日で、章子は出勤するとすぐ会場の準備を始めた。

家族会は、精神障がいを持つ患者の家族の集まりで、悩みを語り励まし合う会である。

家族会は全国あちこちにあるが、この保健所では一年前に発足し、毎月一回会を開いている。

準備を終え、自席に座った時、電話が鳴った。

「相談員さんですか」

「はい、ソーシャルワーカーの政木です」

ソーシャルワーカーというのは、患者や家族の生活や経済的な相談に応じ、援助する仕事で、一般の人には馴染みのない名称だ。

相手は、守本美佐と名乗り、お尋ねしたいことがあるといった。

美佐は四ヶ月前、出産した赤ん坊の発育が悪く、今、都心の大学病院に入院中で、部屋代が一日三千円で、支払いが困難になっている。夫は、市内の県立高校の教員をしているが、給料の他に収入はない。

そう前置きをして、

「お部屋代を国か、市で出して頂く制度はないのでしょうか」

と、訊いた。

「部屋代は保険が利かなく、特別に、市や町で補助はないのです」

部屋代の相談は他にもいくつかあった。しかし、何の手だてもなく、相談を受ける度に章子は重苦しい気持ちになる。

東京オリンピック（昭和三十九年）が終わり、数年経ち、景気の変動があったが、章子たち公務員の給料は上がらず、教員も同じだ。美佐の家計の苦しさはよく分かる。それだけに、このまま電話を切る気になれなかった。

「もし、お差し支えがなければ、お子さんの様子をもう少し聞かせて頂けませんか」

美佐は、少し間を置いて、詳しく説明をした。

赤ん坊を出産したのは市内の産婦人科医院で、生まれた時は仮死状態であった。経過が思わしくなく、一週間目に都心の大学病院に移った。発育は悪く、いまだにミルクを鼻から管で入れている。体重も生まれた時とあまり変わらず首もしっかりしない。家に二人子どもがいるが、実家の母親が手伝いに来ていて、自分がずっと赤ん坊に付き添っている。

病院の医師から、赤ん坊をこれ以上入院させても、治療する方法がないので、退院をすすめられている。

そう話し終えた美佐の声から溜息がもれた。

章子は、美佐に何といって言葉を掛けようか、一瞬戸惑った。

「大変なご事情は分かりました。いいご返事ができなくて申し訳ありません。でもこれからお力になれることを考えます。もし、退院されましたら、お知らせ下さい」

それだけ告げるのが精一杯だった。

章子は、口がからからになって水を飲みに行こうとして椅子から立ち上がった。その時、受付の所に立っていた長身の男が章子を見て頭を下げた。章子の電話が終わるのを待っていたらしい。

章子は、男のそばへ歩いていった。

「いつもお世話になっています」

男は、そういって挨拶をした。章子は男が誰であるか分からなかった。

「あの～失礼ですが――」

「ああ、井村孝夫の父です」

章子は、「あっ、よく似ている」と井村の太い眉をみて、孝夫の眉にそっくりだと思った。

章子は、保健所で医療や暮らしに関する相談を受けて、継続して関わるケースがいくつかあった。老人や障がい児の中で、孝夫はその障がい児の一人であった。一ヶ月に一、二度訪ねて孝夫の相手をしているが、父親の井村に会ったことはなかった。

章子は、井村を相談室に案内した。

「実は、家内が少しノイローゼみたいで、夜あまり眠らないのです」

井村は、いかにも困ったという顔をした。

「いつ頃からですか」

「一週間くらい前からなんです」

「眠れないのは辛いでしょうね。で、たーちゃんの世話は?」

「はい、それはきちんとやっているんです。ただ、こんな調子だと身体の方が弱ってしまうのではないかと――」

井村は、ハンカチで首すじの汗をぬぐった。

「奥さんきっと疲れてらっしゃるのでしょうね」

章子は、そういいながら、井村の妻の保代の顔を思い浮かべた。

保代は長男を生んだあと長い間子どもが出来なかった。もう子どもは生めないと諦めていた時孝夫が生まれた。孝夫は出生当時黄だんがひどく、普通なら次第になくなっていくのに十日経っても変わらなかった。保代が心配して病院へ連れて行くと、医者はむずかしい顔をして、すぐに孝夫の血液を交換する処置をしたが効果はなかった。

医者は、重症黄だんで発育が少し遅れるかもしれないと言った。しかし、保代にはそんなに深刻なものだとは解らず、孝夫が一才になって、始めて大きなショックを受けた。寝返りも、座ることも出来ず、首さえもぐにゃぐにゃしたままで、医者は脳性麻痺と診断した。

もう四才になるが、今でも座ることも、喋ることも出来なかった。

毎日、庭に布おむつが干してあるのをみて、道を歩く人が、「まぁ、この家は毎年よく赤ん坊が生まれること」と、声高に話していくことがあった。

長男の授業参観や運動会に行ってやれないのが辛いというだけで、保代はじっと耐えて来た。孝夫の障がいをみて、「施設へ入れたら――」と、まわりからすすめられる話にも耳を貸さず「こんな子どもを若い保母さんに世話をさせるのは気の毒だし、孝夫が可哀想だ」といって取り合わなかった。

保代は、孝夫を病院に連れて行くタクシー代を稼ぐといって、最近内職を始めていた。

井村は、汗かきなのか、しきりに額をハンカチで押さえていた。

「色々考えたのですが、やはり、孝夫を施設へあずけたいと思うのです」

「奥さんも希望していられるのですか」

「いえ、家内はまだ踏ん切りがつかなくて、手許に置きたいらしいのです」

「そうでしょうね」

「僕は施設を見たことがないのですが、家内の話だと、随分手をかけて世話をしてくれるそうですね」

「ええ、働いている人は一生懸命ですが、やはり人手不足で大変らしいですわ」

「家内はそれを気遣って躊躇しているのです」

章子は、井村の話を聞きながら、保代の気持ちは今も変わりがないのだと思った。そして、井村の胸の派手なネクタイを見ている中に、保代の疲れは、多分に井村への不満の重なりがあるように思われた。

井村はベッド販売のセールスマンをしているが、毎日残業だといって帰りが遅く、休みの日も殆んど家に居なかった。保代は、夫に対しても愚痴をいわず争うことをしなかった。

しかし、時折、章子に、「休みくらい家に居て子どもの世話をしてほしい」ともらすことがあった。

井村が、椅子に深く掛けて言った。

「施設に申し込んでもすぐに入れないそうですが、大分待つのでしょうか」

「そうですね、長い人なら一年も二年も。重度の障がい児のための施設が少ないので――」

「そんなに――」

井村は、ひどく気の抜けたような声をした。

「とにかく、申し込みは早い方がいいと思いますよ。それから、奥さんのことですが――」

章子は、すぐにでも訪ねてみなければならないと思った。そして、しばらく考えていたがためらいがちに口を開いた。

「あの、井村さんの仕事はお忙しいのですか」

「いや、景気が悪くて、以前に比べると暇です」

「そうですか。実はお願いがあるのですが――」

「何か――」

「こんなことを私が申し上げるのは余計なことかも知れませんが――」

章子は、井村に孝夫の世話を少し手伝ってほしいと話した。風呂に入れるにしても、かなり身長があり、手足を硬直させるので保代一人では大仕事であった。

章子が、父親の役割について遠慮がちに話すのを井村はじっと聞いていた。

「そうですね。言われる通り僕は孝夫のことは家内にまかせきりです。家の中がどうも暗くてつい外へ出る習慣になっていましてね。いや、悪かったです」

井村は素直に答えた。

「出来るだけ努力してみる」といって、井村は雨の中を帰って行った。

井村が帰ったあと、章子はしばらく椅子に座ったままぼんやり窓の外を眺めていた。章子の胸の中に、自分には何も出来ないという後ろめたさがあり、その思いが章子を滅入らせた。

一週間後、やっと雨が上がり気象庁も梅雨明けを発表した。街のあちこちや、公園の角で夾竹桃のピンクの花が一斉に咲きそろい、それは灰色に汚れた街を艶かに彩どった。

その日の午後、この街でこの夏初めての光化学スモッグ注意報が出た。章子は丁川の土手の近くでバスを降り、美佐の家へ向かった。道路に沿って土手が続きその上を細い道が走っていた。章子は土手の上に駆け上がった。土手の下には河川敷が広がり、青い夏草が一面生い繁っていた。

子どもたちが大勢駆けまわり、キャッチボールをしているのが見え、その騒ぐ声は章子の足許まで響いてきた。章子は土くさい草の匂いを吸いこむようにして子どもたちをみていたが、次第に気持ちがふさいでくるのを感じた。

昨日の午後、守本美佐から電話で赤ん坊を家に連れて帰ったと知らせがあった。

美佐のことばは事務的で、ただ、万一の時に家の近くで赤ん坊を診てくれる医者を探してほしいとだけ言った。

章子は明日の午後、診療所の医師である杉崎と一緒に訪ねて行くと返事した。

杉崎は美佐の家の近くにある診療所の小児科の医師で、保健所で開く幼児母親教室の講師として依頼したり、保健所と関わりがあった。仕事以外でも章子は杉崎と顔見知りだった。章子は心臓手術ミスで全身麻酔になった女児の両親が起こした訴訟を支援する会に参加していたのだが、杉崎はそこで障がい児について説明する医師でもあった。

美佐の家は、丁川にかかる鉄橋の手前を折れた所にあった。建売住宅らしく、同じような家が隣に三軒並び庭のついたかなり大きな家だった。

ブザーを押すとすぐ中から戸が開いた。美佐は小柄で一重まぶたの鼻筋の通った美しい顔立ちをしており、電話の声と同じ細い声で、章子を居間に案内した。

六畳くらいの居間には黒いピアノが置かれ、ピアノと反対側に木の柵のついたベビーベッドがあり、中で赤ん坊が眠っていた。頭は小さいが、黒い髪が目をおおうほどにのびて、白い顔の中でほんのり赤味を帯びた口許が愛らしかった。

美佐は簡単な挨拶をしたあと、緑色の敷物の上に座布団を並べながら、

「みゆきといいますの」

と、赤ん坊の名を告げた。

その時、玄関のブザーが鳴って、医師の杉崎が入って来た。

「やあ、急に暑くなりましたね」

杉崎はおだやかな笑顔を見せて
「早速、診せて頂きましょうか」

と言った。

「今日はお忙しい所をすみません」

美佐は、ベッドのそばに立ったままで杉崎に礼をいうと、赤ん坊の肌着を脱がせた。

章子は、みゆきを見て一瞬ことばを失った。生まれて半年になるというのに身体は新生

児ほどの大きさで、お腹だけがいくらか飛び出していた。章子はこれまで何人もの障がい児を見て来たが、最も発育が遅れている赤ん坊だと思った。

杉崎は、美佐に妊娠中から今までの経過を聞きながら、赤ん坊を丁寧に診察した。

「大学病院ではどんな風に言われましたか」

杉崎は聴診器を外しながら言った。

「ただ発育が遅れているというだけで、詳しくは聞いておりません。先生が、診断はもう少し様子を見なければはっきり言えないと仰るのです」

美佐のことばに、杉崎は黙ってうなずいた。

「それで、お薬は出ましたか」

「はい、頂いて参りました」

美佐は、立って薬袋を持ってくると杉崎に渡した。杉崎は、中から薬を出して見ていたが、

「この薬は、続けて飲ませた方がいいですね。栄養剤やその他色々入っています。もし、大学病院へ取りに行くのが大変なら、私の所で出しますが――」

と言った。

「そうして頂ければ助かります」

と美佐は頭を下げた。そして、顔を上げると、杉崎を見た。

「あの、先生、この子の具合が悪い時、往診して頂けるのでしょうか」

美佐は、訴えるような目つきをしていた。

「ええ、いいですよ。いつでも電話して下さい」

杉崎は気さくに答えた。すぐ後で、

「そうだな、当直の時はいいが、夜はどうしようか」

と、ひとりごとを言ってしばらく考えていたが、

「夜間の往診は考えておきましょう。今のところ風邪もひいていませんし、あまり心配ないでしょう」

杉崎は、そう言って、かばんの中に聴診器をしまった。

美佐は、冷えた麦茶を杉崎と章子の前に置いたきり、黙りこんでいた。大体の母親は、子どもの状態を知っていても、更に同じことを医者に訊くのであるが、美佐は頑なにも見えるほど何も訊かなかった。杉崎は、美佐の気持ちをどのように理解したのか、何も言わなかった。

「まあ、近いですから時々診に来ますよ。上のお子さんと同じように、特別に気を遣わないでやってみて下さい。何か困ったことがあればこの政木さんに相談すればいいのですから――」

杉崎は、美佐と章子を交互に見ながら言った。杉崎のさり気ないことばの中に、美佐に対するいたわりの気持ちがあるようだった。

杉崎が立ち上がると、章子も一緒に美佐の家を出た。

並んで歩いていた杉崎が、

「政木さん、あの子小頭症ですね」

と言った。

「やっぱりそうですか」

章子は、みゆきの小さな頭を思い浮べた。

「発育の遅れというより、もうどうにもならないかもしれません。目も見えないし、障がいがあまりにも重すぎます」

杉崎のことばに、章子は一瞬足を停めた。美佐は、電話でみゆきの障がいのことを話したが視力のことは言わなかった。美佐は、さっき、詳しく聞いていないと言っていたが、もう何もかも知っているのではないかと、章子は思った。

杉崎は、顔の汗を拭きながら、

「いやー、重い障がいのある子どもを診るのは辛いですね」

とつぶやくように言った。

「うちの診療所の患者さんに障がいのあるお子さんはいないのですが、この地域にどの位いるのですか」

「きちんと把握していませんが、私が定期的に訪問しているのは三人です。でも訪ねていくというだけで何も出来ないのです。お母さんの愚痴を聞いてあげるのが精一杯で——、障がい児や、お母さんにどんなことをしてあげればいいのか、分からなくて悩んでいるのです」

章子は溜息まじりに言った。

「私も同じですよ。自分の無力さを感じることが度々あります。でも一番大切なことは患者さんと家族にきちんと寄り添うことだと考えています。でも思い通りにはいきません」

「——」

章子は、杉崎の端正な横顔を見ながら、そのことばの持つ意味をひどく新鮮な響きで聞いていた。

杉崎は、土手の上で立ち停まり大きな深呼吸をした。近くの鉄橋を私鉄の赤い電車が走って行くのが見えた。

「とにかく、あの赤ん坊には生命のある限り、手を尽くしたいですね」

章子は、杉崎にうなずき返しながら、生命ということばを噛みしめていた。

医学でも福祉でも生命の畏敬ということが共通の理念であり、どんなに重い障がい児であっても、その生命の重さは他の子どもと同じ筈であった。杉崎の言うとおり、みゆきに一日でも長く寄り添いたい、章子は心の中でつぶやいた。

梅雨明けと同時に猛暑が襲い、それは八月になっても中々劣えなかった。

杉崎や章子が案じることもなく、みゆきの状態は特に変わりなかった。管からミルクを飲み、時々目を覚ます程度であった。

章子は、八月の半ば、郷里に帰るため五日間の休暇を取った。三日以上続けて休んだことのない章子に、一週間近く仕事を休むのはひどく気懸りであったが、お盆に同窓会をするという案内があり、章子は思い切って休んだ。そして、中国山脈の麓で五日間の休暇はあっという間に過ぎた。

久し振りのような感じで章子が出勤した朝、美佐が訪ねて来た。白いレースのワンピースが美しい顔を一層引き立たせていたが、何となく青ざめて見えた。

「あのー、私困ってしまいまして――」

「みゆきちゃんに何か変わったことでも?」

章子は、一瞬緊張した。

「いいえ、杉崎先生がよく診て下さっているし、特に変わりありません」

「それではー」

「実は、主人が―」

美佐は言い淀んで肩を落とした。

美佐の夫が、杉崎の往診は月一回にして貰えという。近所の人の目を気にしていることと、みゆきは短命と諦めている。夏休みというのに、仕事が忙しいのを理由にして、家に居ない。

美佐は俯きながら夫をなじる口調で話し、一息ついて、顔を上げた。

「杉崎先生は、週に二回来て下さるのです。私は喜んでいます。だから減らしてほしいなどいえません。それなら、保健所へ行って、政木さんにお願いすればよいと―」

「――――」

「ごめんなさい。お気を悪くしないで下さいね」

章子は、みゆきが退院して美佐を訪ねてから一ヶ月の間に、美佐の表情が変わったと思った。時々訪問して美佐に会っているのに、気がつかなかった。こうしてじっと顔を合わせていると、美佐が辛い気持を必死で抑えているのが伝わってくる。

その時、精神障がい者の家族会で、親たちが互いに話をすると気持ちが楽になるというのを思い出した。市内には障がい児の親の会はない。美佐を保代に会わせたいと思った。

しかし、すぐにという訳にはいかない。

「お話、よく分かりました。ご主人のご意向を杉崎先生にお伝えします。でも、私がお訪ねするのは構いませんか」

と、章子は訊いた。

美佐は、やっと口許に笑みを浮かべ、「よろしくお願いします」といい、立ち上がった。

美佐を保代に会わせたいと杉崎に相談すると、賛同してくれた。美佐には杉崎が話し、章子が保代の気持ちを聞くことになった。二人の母親は了解し、上司の許可も出た。

美佐を連れて保代を訪ねる日は、朝から雲一つない青空が広がっていた。保代の家は、美佐の住まいからバスで十分ほどの距離で、章子は美佐宅の近くのバス停で待ち合わせた。

道路沿いに植えられた夾竹桃のピンクの花が真夏の日差しの中で咲き競い、その美しさに章子たちは見とれた。

美佐は久し振りの外出を楽しんでいるようで窓の外に顔を向けたままだが、その表情はこの前、保健所で見た時とは全く違って明るい。

保代の家は児童公園の裏に建ったアパートの一階にあった。保代は、テーブルいっぱいに小さな機械の部品を並べ、むずかしそうな顔をしてはさみを動かしていた。細い針金を切っているようだった。戸が開いており、カーテンをめくって章子が顔を出すと、保代は、「あら、いらっしゃい」と愛想よく笑った。やっと不眠症が治ったと言って、保代の頬に明るさが戻っていた。

「たーちゃんは?」

いつも保代のそばにいる孝夫の姿が見えなかった。

「ええ、奥の部屋で一人で遊んでいるんですよ」

保代は、テーブルの上のものを急いで片付けながら、章子たちに部屋に上がるようにすすめた。章子は、美佐を保代に紹介した。

「守本さんの所、御主人が理解がなくて困っておられるのですって――」

「主人の理解のないのはどこも同じですわ」

保代は油けのない髪をおさえながら、笑って言った。

「たーちゃんを連れて来ます」

保代は立ち上がると、奥から孝夫を抱いて来た。孝夫の手と足は、保代の腕の間からだらりと垂れ下がったままだが、身体も大きくなり頬もふっくらしている。透きとおるような白い肌で、鳶色の澄んだ目と太い眉が子どもらしい面影を見せた。

「たーちゃん、こんにちは」

章子が、声をかけると、孝夫は黒いみそっ歯を出して、ニャッと笑った。

「この子は、何も喋れないのです。でも、テレビで自分の好きな歌手が歌い出すと声をたてて喜ぶのですよ」

保代は、孝夫のぐらぐらする頭を支えながら美佐に話しだした。

「初めて、脳性麻痺と言われた時は、それはショックでした。それでも、ひょっとしたら歩けるようになるのではないかと、何人もの医者を訪ねて歩きましたが、結局駄目でしたわ。今では諦めているつもりですが、うちはすぐ前が公園でしょ。毎日子どもが走り廻っているのを見ると辛くてね」

「──────」

「でも、好きな物を食べさせると喜んだり、歌を聞いてはしゃぐのをみると、意志もあり感情もあるのだと思います。

この前、政木さんと施設を見学に行きましたの。そりゃ、重度の障がいを持ったお子さんがいっぱいいましたわ、そこの先生がこんなことを言われたのです。

どんな子でも、今よりは良くなる可能性を持っているし、それを引っぱり出してやらねばならないって。確かに、少しずつ変化していますね」

保代は、淡々と話していたが、そのことばの中には孝夫へのひたむきな気持ちがうかがわれた。

「でも、将来のことを考えるとどうにもならない気持ちに馳せられるのです。こんな想いは、同じ子どもを持った人にしかわからないでしょうね」

「──────」

「お宅は、まだ小さいのですか」

保代は、美佐の顔を覗きこむようにして言った。

美佐は、孝夫の顔を食い入るように見ていたが、その目に涙がじんわり溢れ、頬に筋をひいて流れた。保代の目も赤く潤んで涙が溢れそうになっていた。

章子は、胸の底からこみ上げてくるものを感じながら、孝夫の手をとりそれを軽く振った。孝夫は章子に手をとられて嬉しいのか、「クックッ」と低い声を出して笑った。その声は美佐や保代の胸の中にさわやかな響きとなって、ゆっくり染み透っていった。

公園の方で子どもたちの喚声が上がった。


小さな台風がいくつか通り過ぎて秋の季節になった。

保代が美佐の家を訪ねるようになって、一ヶ月近くになろうとしていた。保代は、美佐と性格が正反対でありながら気が合うらしく、美佐も何かにつけて保代を頼った。杉崎の往診も章子の訪問も変わらず続いていた。

その日、章子が美佐の家に行くと、先に保代が来ていた。

保代は、バナナをつぶして牛乳でこねるようにしていた。

「さあ、出来ましたわ、少しずつ食べさせてみて下さい」

と言って、美佐に小皿とスプーンを渡した。美佐はみゆきを膝に抱いて左手で頭を支えてから、スプーンの先にクリーム状のバナナをすくい、それをみゆきの口の中に入れた。みゆきはすぐ舌で押し出した。美佐がまた入れると、みゆきは再び吐き出した。

美佐は、しばらくみゆきの口許を見ていたが、もう一度スプーンを入れた。すると、みゆきはかすかに口を動かしはじめた。章子も保代も息をつめるようにしてその口許をじっと見つめた。すぐにみゆきの口の動きが止まった。美佐がそっとスプーンの先で口を開けるとバナナはなかった。

「あっ、飲み込んでる!! みゆきちゃん、すごい!!」

美佐がびっくりしたような大きな声を出した。思わず、章子と保代は顔を見合わせた。保代の目に安堵の色が浮かんだ。

美佐が続けて、スプーンを入れると、みゆきはこともなげにバナナを飲みこんでいった。みゆきは、最近やっと哺乳びんからミルクを飲むことを覚えた。そして、その日、はじめてバナナを食べたのである。

これは、保代が提案したことで、章子が杉崎に相談すると、保代が経験者であることを知った杉崎は、十分、注意するようにと言い、許可してくれた。

「みゆきちゃん、これからもっとおいしいものを作ってあげるわね。沢山食べて大きくなるのよ」

保代は、みゆきの頭をなでながら語りかけるように言った。おそらく、孝夫にもこれまで何十回、何百回となく語りかけてきたことばであろう。

美佐は、みゆきをベッドに戻し、茶を運んで来た。

「本当にありがとうございました。私、まさかみゆきが物を食べるようになるなんて思いもかけませんでした」

美佐の上気した頰に汗が滲んでいた。

章子は、美佐の中から冷たさが消えたように思った。それは説明のつかない変わり方であった。とりたてていえば、美佐のみゆきを見る目に輝きが出たことと、どことなく声に張りが感じられるくらいで、章子以外の者には決してわからないものだった。

「主人が、やっとこの子を抱くようになりましたの。私、びっくりしているのです。夜中に泣くとうるさいと怒っていたのが、今は何もいいませんのよ」

「御主人だって、みゆきちゃんが可愛くなったのでしょう」

「そうかしら。ただ、泣くこととミルクを飲むことしか知らない子ですが、やはり家族の一員ですものね」

章子は、美佐と保代の会話を一人縁側に座って聞いていた。

二人の口調は静かで、時々屈託のない明るい笑い声さえあった。

その笑いの奥にどんな悲痛なものが包まれているか、章子は胸の中で感じとっていた。

しかし、不思議にいつか感じたような重苦しさはなかった。

「政木さん、そろそろ帰りましょうか」

章子の後ろで保代の大きな声がした。

庭の片隅でコスモスの花がひっそり咲いているのに目をやりながら、章子はゆっくり立ち上がった。

あとがき

私は三十七歳から小説とはいい難いものですが短い文章を書き始め、八十歳まで六十作を書いてきました。

まがね文学会の同人誌「まがね」第二号から第五十九号まで五十八作、あと二作は岡山に移る前、川崎市に住んでいた頃に書いたものです。

「まがね」に発表した作品を本にまとめたいと少しずつ選んで、これまで「冬が来る前に」「春の日の別れ」「梅の木のある家」三冊を作りました。

本にするのは、その三冊で終わりと考えていました。

ところが、昨年の秋、本棚を整理していて、無くしていたと思っていた本が出てきました。「かわさき文学賞作品集　第一回~第三十回」です。その中に私の第十九回入選作が入っています。「夾竹桃の咲く街で」です。昭和五十年に書いた随分昔の作品です。

作品を書き始めて一作目が佳作、二作目が入選になり驚きましたが、この受賞が私に書く気を起こし、川崎から岡山に移って「まがね」に作品を書き続けることができました。

この受賞作は、私にとって記念になる作品です。これまで作った三冊の短篇集には入っていません。それで、この記念作を入れた四冊目の本を作りたいと思うようになりました。

「まがね」に発表したもので、未収録になっていたものを合わせ、今回の「来年の春」

を出すことになった経緯です。

私の作品には、仕事の関係や近辺で出会った人をモデルにしたり、経験した事柄をヒントに書いたものがいくつかあります。

再読の度、当時を思い出して懐かしさを覚えます。

その中で「夾竹桃の咲く街で」は、障がいのある子どもを持つ二人のお母さんの実話を元にした話ですが、この二人から私は大きな感動をいただきました。二人は大変な思いを抱えながら、明るい笑顔で交流する姿に、感銘を受けました。

私の担当するまちは、京浜臨海工業地帯に接する所で、夏は光化学スモッグが何度も発生し、緑のないまちでした。それでも、公園の一角や、道路沿いに植えられた夾竹桃の赤い花は、まちを美しく彩りました。

夾竹桃の咲く街で出合った二人のお母さんのことは強く記憶に残っています。

四十六年前に書いた作品で、改めて諸先生方に監修をしていただきお世話になりました。感謝いたします。

出版にあたってサンコー印刷株式会社、三村理秀様にお世話になりました。心よりお礼を申し上げます。

令和三年六月

初出

「男友だち」　『まがね第五十七号』
「寒い日」　『まがね第五十八号』
「残りの旅」　『まがね第五十六号』
「彼岸花」　『まがね第五十一号』
「フミの出番」　『まがね第四十二号』
「道楽」　『まがね第四号』
「真金吹く吉備」　『まがね第五十五号』
「来年の春」　『まがね第五十九号』
「夾竹桃の咲く街で」　『ＤＥＬＴＡ』
第十九回かわさき文学賞入選

長瀬佳代子（ながせ・かよこ）

1937年　徳島市生まれ
1965年　日本社会事業学校研究科卒業
1967年　医療ソーシャルワーカーとして川崎市に勤務
　　　　市職員文芸部に参加。同人誌「DELTA」に小説を発表
1976年　岡山県庁に移り、精神障害者社会復帰センター、保健所
　　　　勤務
1977年　まがね文学会に入会、同人誌「まがね」に小説を発表
　　　　（2019年退会）
1997年　定年退職
1999年　介護支援専門員、精神保健福祉士資格取得
　　　　美作市介護認定審査会委員
　　　　美作市障害程度区分審査会委員を務める

受賞歴　かわさき文学賞入選「夾竹桃の咲く街で」
　　　　岡山県文学選奨入選「母の遺言」
　　　　自治労文芸賞入選「仲間」

来年の春

2021年7月15日　発行

著者　長瀬佳代子
発行　吉備人出版
　　　〒700-0823 岡山市北区丸の内2丁目11-22
　　　電話 086-235-3456　ファクス 086-234-3210
　　　ウェブサイト www.kibito.co.jp
　　　メール books@kibito.co.jp
印刷　サンコー印刷株式会社
製本　日宝綜合製本株式会社

ISBN978-4-86069-655-9　C0095